JN212523

思い出の修理工場

石井朋彦

サンマーク出版

思い出の修理工場

もくじ

ようこそ「思い出の修理工場」へ。

ここでは腕ききの職人たちが、
みなさんのつらく悲しい思い出を、
美しい思い出へと修理いたします――。

うまく友だちをつくれない十歳の少女ピピは、
ただひとりの味方だったおじいちゃんの形見を直すため、
ふしぎな「思い出の修理工場」に迷いこみます。

謎めいた工場長のズッキ。白ヒゲの親方ジサマと、腕ききの職人たち。
朝は少女、昼は大人、夜は老女になる女性、レディ・ミス・ミセス・マダム。
おもちゃ博物館の館長エルンネ。世界を旅するクマのぬいぐるみミーシャ。

仲間、そして仕事と出会い、
孤独だったピピは、自分自身を生きる勇気をもちはじめます。

しかし……ピピのもといた世界に、異変がおこります。
人々の幸せをお金に変えようとする黒いエージェントたちが、
人間たちから思い出をうばいはじめたのです。
人々が思い出をうしなってゆくたびに、
工場にはこばれてくる思い出もへってゆきます。
そして、黒いエージェントたちは、
修理工場を、閉鎖に追いこもうとしたのです……。

さあ、ここから、ピピ、そして工場のみんなの、冒険と戦いがはじまります。

あなたの、一番大切な思い出は、なんですか？

第一部

さよならと冒険のはじまり

第一章

ピピ　職人になりたい女の子

こわれたおもちゃと道具の修理、うけたまわります。
カイザー・シュミット　修理工房

古びたしんちゅう製の看板が、ちいさな工房の店先でゆれていました。

背の高い、レンガづくりの建物がひしめくまちに夕暮れがせまり、石畳がつめたさをおびはじめたころ。ギィ――と音をたてて扉がひらき、緑色のコートを着た女の子が、工房のなかに頭をのぞかせました。

弓なりのまゆに、まん丸な目。こぶりな顔にふつりあいな大きい口から白い息があがり、そばかすいっぱいのほっぺたが、上気して湯気をたてています。

革のランドセルを背負い、両腕で箱をかかえた女の子は、肩でドアをささえながら、体をすべりこませ、

「ふぅ」

と、息をつきました。

目の前には、女の子の頭くらいの高さのカウンターがあり、その背後の壁に整理棚がしつらえてありります。天井まである棚のなかでは、持ち主のむかえを待つおもちゃや道具たちの、しずかな寝息が満ちていました。

女の子はしのび足でそうっとカウンターに箱をおき、棚と棚のあいだに目をこらしました。奥は工房になっていて、こわれた品々が山とつまれています。

塗装のはげたブリキのおもちゃ、動かなくなったタイプライターに、時の止まった壁かけ時計。すりきれた革のカバンや靴がくったりとかさなりあい、この工房だけが、ちがう時の流れのなかにあるようでした。


コートをぬぎ、ぬき足、さし足、工房へ入ってゆくと、木製の作業机が見えました。天井から下がったランプが、ぼんやりと机のまわりを照らしています。誰かすわっているようですが、書類や工具にうもれて姿は見えません。

オイルヒーターから、チンチンと油が熱する音がひびいてきます。

女の子が、息をたてないように口を押さえ、一歩をふみだそうとすると、

「ピピ、ママには言ってきたのかな？」

――と、低く、おちついた声が、作業机のむこうから聞こえました。

ピピと呼ばれた女の子は、ビクッと肩をすくめ、

「おじいちゃん、気づいてたんだ……」

とため息をつき、作業机の背後にまわりました。

「なにを直してるの？」

声の主は、長い銀髪をうしろになでつけ、片方の目に拡大鏡をはめた長身の老人でした。

工房の主、カイザー・シュミットです。

大きなポケットがいくつもついた革のベストを着て、すりきれた革椅子で背中を丸めています。ピンセットをにぎった手が、休むことなく動いていました。

ピピの目が大きくひらき、そばかすのほっぺたがピンク色にそまりました。

作業机には、ブリキでできた人形が横たわっていました。

大人のひじから指先くらいまでの大きさで、ブリキ板のなかから歯車がのぞき、手足が動くようになっています。

「これ、なんの人形？」

「人形というより、ロボット……と言ったほうがいいかな」

おじいちゃんは、体をおこして腕を組みました。

「どこかで見た気がするけど……」

ピピもまねして腕を組みます。

「なんだと思う？」

ロボットは、タマゴをさかさにしたような顔かたちをしていて、右目が緑色、左目には青色の石がはめこまれています。両眼の間から砂時計の流砂のように鼻筋がのび、うすいくちびるは横一文字にむすばれていて、男性にも女性にも見えました。

「あ！」

ピピは片腕をピンとのばしました。

「これ……広場の時計台の？」

「うん、時計台のからくり人形だよ」

「先生が言ってた。時計台はもう古くて動かないから取りこわされるって」

「そんなことはない。あの時計は、何百年も動くようにできている。歯車をみがき、すりきれた部品を交換すればよい話だ」

「ふうん」

「もう暗いよ。どうしたんだい？」

「あ！　おじいちゃんに……見せたいものがあるの」

おじいちゃんは立ちあがり、深いシワのきざまれた目じりを細めました。真っ青な目が、やさしくピピを見つめています。

「さて。ママに電話をしておかないとね」

工房の奥から、ダイヤルをまわす音がひびいてきます。

そのあいだピピは、ブリキのロボットに目をうばわれていました。電灯の光を照りかえし、にぶい金色の光をはなつ人形は、泣いているように見えました。

「帰るところがないなんて、かわいそう……」

そうつぶやいたとき、ロボットの首がカタッと動き、ピピのほうをむきました。

「！」

あとずさりしたピピのうしろに、おじいちゃんが立っていました。

「さて、帰りは送っていこう。見せたいものとは、なにかな？」

「こっちきて！」

ピピはおじいちゃんの手をとってカウンターへとひっぱってゆくと、長椅子にピョコンとすわり、両手にあごをのせて目をくるくるさせました。

「あけてみて」

おじいちゃんが、箱に手をかけました。

ふしくれだった指と、ぶ厚い爪。油と塗料がしみこんだ、職人の手です。

「ほう」

おじいちゃんは目を大きくひらき、ピピを見ました。

箱のなかからは、木と粘土でつくられた家があらわれました。画用紙に描かれた庭に三角形の家が建っていて、粘土の樹からゴンドラがのびています。

「これは……なかなかよくできている」

「工作の授業でつくったの。妖精に会える家」

「妖精に会える家……か。うん、これはすばらしい」

おじいちゃんは目を細めました。

「でも……みんな変だって言うの。こんなの、だれもほしくないって」

「私は、そう思わないけどな」

「一番ほめられたのは、リナだった」

「市長のところの？」

「うん」

「リナは、なにをつくったんだい？」

「プログラムで動く人形。タブレットで動かすの」

「そんなものをつくれるのかい？」

「ううん、売ってるの。すごく高いんだよ。それを、パパに手伝ってもらって組みたてたって。みんなびっくりしてた」

「でもピピは、これを自分ひとりでつくったんだろう？」

「そうだけど……」

「みんながどう思うかは、どうでもよいことだ。大事なのは、ピピがつくったものが、だれかにとって大切なものになるか……ということじゃないかな」

「だれかって、だれ？」

「私やパパとママ……それに、友だちかな」

ピピはうなだれました。

「友だちなんか、いないもん」

「リナは？　小さいころ、ここへもよく遊びにきたじゃないか」

「小学校に入ってから……遊んでくれなくなったの」

「どうして？」

「みんなが、わたしのこと……変だって言うもんだから」

「ふむ」

おじいちゃんは少し考えてから、

「ピピ、そこにいなさい」

と、目くばせして工房へともどり、ブリキのロボットをカウンターに寝かせました。

「ピピ。この子の顔は、どう見える？」

おじいちゃんは、ピピのとなりにすわり、小さな肩に手をおきました。

ピピは、人形の顔をジッと見て、答えました。

「悲しい顔に見える」

「そうか。私には、ほほえんでいるように見えるけどね」

「そうかな……でも、わたしの言うことはみんな変だって言うから……おじいちゃんの言うとおり、泣いているんじゃなくて、笑っているのかも」

「そういうことじゃない。ピピに泣いているように見えるのなら、それでいいのさ」

おじいちゃんは、ニッコリ笑いました。

「この子の名前は、フリッツという」

「フリッツ……」

「ピピ。いつか、お前のことをわかってくれる友だちがきっとあらわれる。そのときがくるまで、フリッツがピピの友だちだ。つらいことや、悲しいことがあったとき、フリッツに話すといい」

「おじいちゃんに話すんじゃ、だめなの？」

「もちろん、話してほしいよ。でも、おじいちゃんがいないときは、フリッツにむかって話しかければいいんだ。ピピの話を聞いてくれる友だちと出会えるまではね」

ピピは、ちいさくうなずきました。

「ねえ、おじいちゃん」

「なんだい？」

「おじいちゃんは、つらかったり、悲しかったりすることは、あるの？」

「もちろんあるさ」

「そんなとき、どうするの？」

「傷ついた思い出が、美しい思い出になるのを待つ……かな」

「どれくらい待つの？」

「それはわからない。何年、何十年かかることだってあるよ」

「そんなに……」

ピピは苦しそうな顔をして、うなだれました。

「いやなこととか、つらいこととか……なければいいのに」

おじいちゃんはピピの肩を抱きよせ、棚にならんだ人形たちを指さしました。

「ここにやってくるものはみんな、傷ついたり、こわれたりしたものばかりだ。それをひとつひとつ直すように、傷ついた思い出も、いつかは美しい思い出に変えることができるんだよ」

「でも……いやなことを思い出すと、胸が痛くなる」

「今はそうかもしれないね。でも、忘れようとしなくていいんだ。忘れようとしたって、逃げられないものだからね。だが、何度も思い出すうちに、それはしだいに修復されていく。短いときもあれば、すごく長い時間が必要なこともある。でも、時間をかければかけるほど、思い出は美しくみがかれるんだ」

「おじいちゃんが、時間をかけて直したものみたいに？」

「ああ」

「ねえ、おじいちゃん」

「なんだい？」

「わたし、大人になったら、おじいちゃんみたいな職人になりたい」

おじいちゃんは、ニッコリと笑いました。

「なれるさ。いつかここで、たくさんの思い出をよみがえらせておくれ」

「うん」

ピピはおじいちゃんに肩をよせ、顔を赤らめました。


ピピは、カールレオンのまちに生まれました。

まちは古くからつづく工業都市で、職人たちが生みだす品々は「カールレオンのガラクタは世界に通用する」と、世界中の人たちからほめたたえられました。

まちは壁にかこまれていて、城門あとから街道が四方八方にのび、遠い昔はたくさんの人や馬がゆきかっていました。

でも今は、いくつもの車線をもつ幹線道路がもっと大きな都市と都市のあいだをまっすぐにむすんでいて、カールレオンは、そのあいだの点にすぎなくなってしまいました。

まちを東西に横ぎる川の南がわには、旧市街が迷路のようにいりくんでいて、春になると花屋や出店が色とりどりの軒をならべます。

川の北がわには、灰色のビルがそびえる新市街がひろがっています。オフィスビルやショッピングセンターがそびえたち、人々がせわしなく吸いこまれては、はき出されてゆきます。

カールレオンのまちは、川をさかいにして、過去と現在が合わせ鏡のように横たわっているのです。

ピピのおじいちゃん、カイザー・シュミットは、こわれたおもちゃや道具を修理する名人として、職人たちから尊敬されていました。このまちでは、つくることと同じくらい、直すことが大切にされてきたのです。

学校が終わると、ピピはきまって、おじいちゃんの工房へと走りました。

おじいちゃんはこわれて使えなくなった品物の部品を組み合わせて、世界にひとつしかないものをつくってくれました。

夜、しのび足で冷蔵庫までたどりつける音の出ないスリッパ。太陽の光でゆで卵をつくれるボウル。底が二重になっていて、夜中、ママに知られないよう、こっそりジュースを飲むことのできるマグカップ。

こわれたものがおじいちゃんの手のなかで命を吹きかえすさまは、まるで魔法のようでした。

おじいちゃんは、午前の仕事を終えると、まちの中心にある時計台広場を散歩しました。学校がお昼で終わる日には、ピピも一緒に歩いたものです。

古い教会と市庁舎にかこまれた広場は、旧市街と新市街とをつなぐ橋の旧市街がわのたもとにあり、週末には多くの人々でにぎわいます。

教会のてっぺんには、カールレオンのシンボルである時計台がそびえています。

太陽のかたちをした時計の上で、昼と夜をあらわす天球が輝いています。正午になると鐘の音がまち中にひびきわたり、扉がひらいて、からくり人形が姿をあらわします。オルガンの音とともに、聖人や天使の人形が回転しながら行進するのです。

あわただしく広場をゆく人々も、からくり人形があらわれると足を止め、時計台を見あげます。いそがしいまちが、そのあいだだけひと休みするのでした。

聖人たちの行進が終わると、道化師やクマの親子が登場し、軽快なリズムをきざみます。大人も子どもも、顔をほころばせてその人形たちを指さしました。

でもそのうしろを、たったひとりで首をかしげ、たよりない動きで追いかけるちいさなブリキのロボットのことを、気にとめる人はほとんどいませんでした。

その人形が、フリッツだったのです。

半年ほど前の、春の風がひときわ強く吹いた日。

広場の時計は、十一時五十九分を指したあたりで、動かなくなりました。それ以来、カールレオンのまちに、正午の鐘が鳴ることはありませんでした。

時計がこわれたことを知ったとき、ピピはおじいちゃんにつれられて、時計台広場へとむかいました。

広場では、リナのパパ――市長のムラーノ氏が、拡声器を手にさけんでいました。

『この古い時計台をもとにもどすには、たいへんなお金が必要になります。財政危機のなか、みなさまの大切な予算をおあずかりしている私としましては、スポンサーをつのり、最新の時計におきかえ、貴重なお金と時間をうしなうことのないようにすることが、もっとも大切なことだと考えるのです。もちろん時計台は、博物館に寄贈することで……』

リナのパパがかん高い声をはりあげるたびに、拡声器が悲鳴のような音を出し、ピピの耳をつらぬきました。

おじいちゃんは、市長の声が聞こえないかのように、時計台を見あげていました。

⚙

ピピが、フリッツを受けとってからしばらくたった、ある日。

おじいちゃんは、亡くなってしまいました。

おじいちゃんが亡くなった前後のことを、ピピはおぼえていません。

パパとママの話では、ピピもそばにいたようなのですが、思い出そうとすると頭が痛くなり、目がチカチカして、記憶をほりおこそうとするのをさまたげるのです。

おぼえているのは、泣きつづけてしゃっくりが止まらなくなり、葬儀のあいだ、ひとり、家で待たされていたことだけでした。

✿

小学校の帰り道、ピピの足は時計台広場へとむかいます。

石畳には教会が大きな影を落としていて、ステンドグラスに反射した光が、敷石の上でじゃれあっていました。コートのえりを立てて広場をゆく人たちは、誰もおじいちゃんが死んでしまったことを悲しんでいないようでした。

時計台を見あげると、半分ひらいた扉の奥で、一日に一度しか見ることのできなかった人形たちが雨風にさらされ、涙を流したあとのようによごれていました。

人々は今、そのことに気がつくこともなく、スマートフォンの画面に目を落とし、広場を通りすぎてゆきます。


「ピピ……今日はひとりなのかい？」

ふりかえると、ベレー帽をかぶった小柄な男性が、デッキブラシを手に立っていました。十歳のピピよりも背が高いはずですが、腰が曲がり、まるでひざの上に頭がのっているようです。

「モリーさん……」

「カイザーは……どうしたんだい？　さいきん、姿を見なくなってしまったが……」

モリーは、教会の管理人です。口数が少なく、人とかかわりあうことが苦手なモリーのことを変人あつかいする人もいましたが、広場がいつもピカピカなのはモリーのおかげだと、おじいちゃんはいつも、感謝の言葉をかけていました。

「そうだ……おねがいしていたしょく台、とりにいかないとなァ」

モリーはものをとても大切にしていて、ことあるごとに、おじいちゃんの修理工房をおとずれました。

おじいちゃんは「ふむ、まだじゅうぶん使えますな」とか「これはなかなかやっかいですな」と、こわれたものに語りかけながら、あっという間にもとどおりにしてしまうのです。

モリーはふしくれだったその手を、いつも少年のような目をして見つめていました。

でも、しょく台を修理したのは、ずいぶん前のことなのです。

モリーは、おじいちゃんが亡くなったことを忘れてしまっているようでした。

「じゃあ、また……。カイザーによろしく」

モリーはそう言って時計台を見あげ、教会の裏手にある管理人小屋へと歩いてゆきました。

「いつになったら動くのかなァ……」

と、つぶやきながら。

ピピの目から、涙がポロポロとこぼれました。

ぼやけた目が焦点をとりもどすと、広場に面した市庁舎の前に、真っ黒なスーツを着た男が三人、立っているのが見えました。

人のかたちをしていますが、りんかくはあいまいで、目をこらして見ようとすると、視力をうばわれてしまいそうです。三人とも黒いカバンをたずさえ、にぶい光をはなつ、とがった靴をはいています。

真ん中の男は、青く光る四角い腕時計にむかって、なにか話しています。右の男はカメラを手にまわりの様子を記録し、左の男は、タブレット端末を操作していました。

「なんだろう……？　あの人たち……」

ピピは、足もとがゾワゾワとするのを感じました。

男たちはしばらくのあいだ、ジッと市庁舎を見あげていましたが、雑踏にまぎれ、姿を消しました。

第二章

修理工房への訪問者

ピピのママは、ずっと工房にこもって仕事ばかりしていたおじいちゃんのことを、あまりよく思っていません。

小さいころに遊んでもらった記憶がなく、さみしかったからです。

「わたし、おじいちゃんみたいな職人になりたい」

ピピがそう言ったときのママの顔は、忘れられません。

ママは、心の底から悲しそうな目をして、

「ピピ、女の子は職人になるものじゃないの」

と、言いました。

それ以来ピピは、自分の気持ちを口にできなくなってしまいました。

ママは、おじいちゃんと正反対の人と結婚しました。それが、ピピのパパです。

ママがひとり娘だったため、パパは姓を変え、家族はシュミットを名のっています。

パパは市庁舎につとめていて、ことあるごとに十一月十一日十一時十一分十一秒に生まれたことを自慢します。

「規則正しく、時間に正確であるということがなによりも大切なんだ。寝坊したり、ボーッとしたり、ちこくするなんてもってのほか。朝のうちにその日の予定を立てて行動すれば、日々、充実した人生を送れるというわけさ」

いつも同じ時間におき、変わらない動作でコーヒーを飲み、オムレツを食べます。ケチャップをかける方向も決まっていました。まっすぐに一文字が最短だというのです。ぐるぐるかけたほうがおいしいのに！

ピピは、パパにこう聞いたことがありました。

「十一月十一日十一時十一分十一秒に生まれたのだとしたら、その十一秒は、パパの頭が出たときだったの？　足が出たときだったの？」

パパは、あきれた顔で答えました。

「なんというムダなことを考えるんだ！　そんなことより、どうやって目的へむかい、計画的に生きるかを考えなさい」

「まったく、ピピったら、誰に似たのかしら。おじいちゃんみたいにならないで！」

それが、ママの口ぐせでした。

前は、パパとママにも、今よりもっとよゆうがありました。休日は公園へいったり、車で遠くへ出かけたりしたものです。

ふたりがイライラして、あくせくしはじめたのは、時計台が動かなくなったころ――ムラーノ市長のかかげる「カイカク」がさけばれだしたころからでした。

カイカクというのがどういう意味なのか、ピピはよくわからなかったけれど、パパとママが口々に、働き方をカイカクしたり、労働時間をカイカクすると言っているのを聞いて、これまで普通だったことを変えることが「カイカク」なのだと理解しました。

「働く時間が長すぎるんだよ。残業時間をゼロにしないと」

「ひとりひとりの負担が大きすぎるの。人を増やして、労働時間を管理しないと」

カイカクによって、まちはゆたかになり、みんながゆっくりと、おだやかに暮らせるようになるということでした。

でもピピには、カイカクがはじまってからのほうが、パパとママの心が遠くへいってしまったかのように感じられたのです。

パパとママが、ピピのことを大切に思ってくれていることはわかっていました。

でもどこかで、本当の気持ちをわかってもらえていない――と思うのです。

ひとり、さみしくなると、ピピはフリッツに語りかけました。

「フリッツ……おじいちゃんに会いたいよ……」

ブリキの人形は、悲しげな顔でピピを見つめました。

ある日の、放課後。

「ピピ、ちょっといい？」

クラスメイトのリナが、声をかけてきました。

リナは、なにからなにまでピピとは対照的な存在です。ムラーノ市長のひとり娘で、新市街にあるタワーマンションに住んでいます。美人で、おしゃれで、勉強もできて、みんなの人気者でした。いつも新しい人形やゲームをもっていて、女の子たちはみな、リナと仲よくなりたがりました。

「ねえ、そのカバンに入ってるの……なに？」

リナは、ピピのランドセルから顔をのぞかせているフリッツを指さしました。

おじいちゃんが亡くなってから、ピピはフリッツを肌身はなさず、カバンにいれてもち歩いていたのです。

「なんでもない……」

ピピは顔をふせ、リナの横を通りすぎようとしました。

「ヘンな人形。そんなの、どこで買ったの？」

取り巻きの女の子たちが、ピピを取りかこみます。

「ピピ、最近つきあい悪いよね」

「あれでしょ？　死んだおじいちゃんの工房にいってるんでしょ？」

ピピは学校が終わると、友だちと遊んでいると嘘をつき、夕方までの時間をおじいちゃんの工房ですごしていたのです。

リナは、わざと悲しそうな顔をつくり、大人びた口調で言いました。

「みんな、待って。おじいちゃんが亡くなったんだから、かわいそうじゃない。それに、私のおじいちゃんとピピのおじいちゃんは、知らない仲じゃないの」

「リナのおじいちゃんと、ピピのおじいちゃんが？」

「ええ」

「でも、リナのおじいちゃんは、職人やめちゃったんでしょ？」

「そうよ」

「先生が言ってた。職人の仕事は、そのうちなくなるって」

「古くさい修理職人が、まだのさばってるの？」

「だから、まちが変わらないのよ」

そうよそうよ！　というかん高い声が耳につきささりました。

リナは満足げにみんなを見まわしたあと、ピピのランドセルに手をかけました。

「ねえ、ちょっと見せてよ」

ピピは首をふり、ランドセルをうしろ手でかくそうとしました。

「なに？　見せてって言ってるだけじゃない」

リナの声がゾッとするほどつめたくなり、女の子たちがピピを取りかこみました。体の大きな建築士の娘が、ピピの腕を強くにぎりました。そのすきに、おべっか使いの広告屋の娘が、ピピのランドセルからフリッツをうばいとります。

「かえして！」

ピピは、自分でもびっくりするくらい、大きな声を出しました。取り巻きたちが、ギョッとしてあとずさりました。

「なに？　キモ。こんなボロ人形ひとつでムキになるなんて」

リナが、芝居がかった様子で一歩ふみだしました。

「かえしてほしかったら、ほら！」

広告屋の娘が、計算高い銀行家の娘へとフリッツを放りました。

ドッジボールでひとりコートに残されたかのように、ピピは右へ走り、左へ走りして、フリッツを取りかえそうともがきました。

フリッツは、リナの手にわたりました。ピピがすがりつくと、リナは、

「ほら、かえしてあげる！」

と、天高くフリッツを投げあげました。

太陽に吸いこまれるように舞いあがるフリッツを追いかけ、ピピは走りました。

口のあいたランドセルのなかで、ペンがカタカタと音をたてました。

「あう！」

石畳に足をとられ、ピピの顔は、激しく地面にたたきつけられました。鼻がツーンとして、口のなかに塩からい血の味がひろがります。

遠くでフリッツがグシャリとつぶれる音が聞こえたあと、トラックの走り去る音がひびきわたりました。

「あ〜あ、せっかくかえしてあげたのに」

「だっさ！　自分のせいだよね！」

女の子たちの笑い声がひびきました。

その後のピピの記憶は、真っ黒なかたまりに飲みこまれたかのようでした。

われにかえったとき、おじいちゃんの思い出は粉々にくだけ、石畳の上に、フリッツだったものが、無残に散らばっていました。

ピピは涙をこらえながら、部品のひとつひとつをかき集め、上着でくるみました。

ピピの傷ついた足は、おじいちゃんの工房へとむかいました。

いつもはまっすぐ工房へむかうのに、今日はふらふらとたよりない足どりです。

主（あるじ）をうしなった工房には雨戸がおろされ、カギがかかっていました。

ピピは上着を玄関のたたきにおき、ポストに腕をさしいれました。おじいちゃんは、ピピがいつでも入れるように、奥を二重底にしてカギをかくしておいてくれていたのです。

扉をひらくと、ギィという音がひびき、ホコリとカビのにおいが鼻をつきました。てさぐりでスイッチを押すと、ブン……という音のあと、カウンターが照らしだされました。棚のなかで、ホコリをかぶった人形たちが、遠くを見つめています。

工房には、おじいちゃんが残した道具や品々が山とつまれたままでした。

ピピはかかえてきた上着を作業机におき、糸の切れたあやつり人形のようにすわりこみました。広場でおこったことが夢でありますように……と目を閉じました。

ふるえる手で、上着をひらきました。はじめに、フリッツの腕が見えました。つけねがちぎれ、美しい曲線をつくっていた体はゆがみ、ゼンマイはどうかみあっていたのかさえわかりません。

頭は胴体からはずれ、緑色の右目はなくなっていました。片方だけ残った青い瞳が、悲しげにピピを見つめています。

ピピはペンチを手にとり、曲がった首のつけねをもとにもどそうとしました。でも、ブリキ板はとてもかたく、びくともしません。

くやしさがほっぺたを押しあげ、涙がポロポロとあふれだしました。

「フリッツ……ごめん……ごめんね」

そして、泣きつかれたピピは、作業机につっぷして眠ってしまったのです。

⚙

ガタガタガタガタ……。

異様な音に気づき、ピピは目をひらきました。

はじめに見えたのは、天井から落ちてくるホコリでした。ランプの光を反射してキラキラと輝き、雪が舞っているみたいです。棚という棚が、こきざみにゆれています。

おきあがろうとしましたが、体が動きません。

ゆれとゆれのあいだに、奇妙な声が聞こえました。

「……色々、ある……」「カイザーは……」「まったく急いでいるのに……」

右手の指先が少し動くようでした。ピピははりついたのりをはがすように、人さし指を動かし、親指に力をいれました。頭をあげ、声のするほうに顔をむけます。

目をこらすと、奇妙な影が動いていました。

人のかっこうをしていますが、ひとまわりちいさく、まるで絵本で見た小鬼のようです。がに股で、手足はひょろ長く、お腹だけがポッコリふくらんでいます。

整理棚の戸をひらいては頭をつっこみ、「ない」「これではない」「ちがう」——と、なにか探しているようです。ときおり腕組みをしながら、足をガタガタと動かしているのを見て、さきほどからのゆれが、小鬼の貧乏ゆすりだったことがわかりました。

不思議と、恐怖は感じませんでした。ピピはよく夢を見るので、いま目の前でおきていることは、夢のなかか、夢と現実のあいだの出来事だと思ったのです。

もうすぐ夢から覚めるはずでした。でも、小鬼の姿は消えません。

身をおこすと、椅子がギィと音をたてました。

「ん?」

小鬼の動きが止まり、ピピのほうをむきます。

ピピは目を見ひらきました。

小鬼は、ピピと同じくらいの背丈なのに、大人の男性の顔をしていたからです。

ニンニクのような鼻の上に丸メガネがのっていて、大きな目がギョロギョロ動いています。眉間のシワは深く、まるでにぎりこぶしのようです。口は右にむかって大きくせりあがり、笑っているようにも、怒っているようにも見えました。

小鬼は、目を細めてピピを見ていましたが、フンと鼻を鳴らすと、ふたたび整理棚にむきなおりました。

「あの」

小鬼は動きを止め、頭だけをクルリとうしろへかたむけました。

「俺が……見えるのか?」

大きなお腹をこちらへむけようとしたしゅんかん、短いうなり声をあげ、小鬼はその場にうずくまりました。

「いたたたた、腰が！」

ピピが立ちすくんでいると、小鬼は左手で腰を押さえながら、右手で手まねきをしました。

「ちょっと！　こっちへきてくれ」

「え……」

「おそい！」

かけよると、小鬼は腰をつきだしながら、

「ここ、ここを押してくれ」

とうなりました。ピピはおそるおそる、親指で小鬼の腰骨あたりを押しました。

「あいた！　あいたた！　うまいじゃないか、あ、もうちょっと右、いや左かな？　あ、そこそこ」

背中にはぶ厚い肉がついていて、なかなか指が入りません。

「ここで、なにをしているんですか」

「あいた！　あいたた！　カイザーに会いにきたんだが、留守のようだったからな。たのんでいたものをとりにきたのだ」

小鬼は、おじいちゃんの知り合いのようです。思わず力をゆるめると、

「もっと強く！」

と小鬼がさけびました。

「なんだ、カイザーは、旅にでも出たか？　手帳にも返事がないし！」

「おじいちゃんは……」

「ん？」

「おじいちゃんは……亡くなりました」

小鬼の体から、スッと力がぬけました。

「そうか……それで、か」

小鬼は手ぶりで「もうぃい」と合図すると立ちあがり、腰の状態を確かめるように背筋をのばすと、遠い目をしてつぶやきました。

「色々ある」

ピピはずっと言葉にしないでおいたことを口にして、胸が苦しくなりました。

「カイザーは、いつ？」

「ごめんなさい……おぼえていません」

「なぜだ」

「おじいちゃんが亡くなったときの、記憶がないんです」

「記憶がない？」

「はい……」

「お前は誰だ。俺が見えるとは」

「わたしは……ピピです。おじいちゃん……カイザー・シュミットの孫です」

「おお」

小鬼は、こぶしでもう片方の手のひらをポンとうちました。

「で、ここでなにをしている？」

「わたしは、その……」

「なんだ！　早く言え」

「この、人形を直したくて」

「おお！　これはカイザーが？」

小鬼はフリッツをのぞきこみ、腕を組みました。

「ふん、さすがだな……見事だ。だが、なぜこんなことに？」

「……こわされました」

「ふん、色々ある」

「あの……あなたは、おじいちゃんと」

「うむ、古い仲だった。残念だ。まあ、色々ある」

小鬼は眉間にシワをよせ、しばらく考えていましたが、

「ああ、いかん！　次の予定がある。じゃあ、帰るぞ。さらば」

と、手をヒラヒラとふりながら、工房の奥へと歩きだしました。

「あの！」

「なんだ」

小鬼は両手で腰をささえ、首だけをこちらへむけました。

「おじいちゃんを、知っているんですか？」

「同じ質問はきらいだ」

「え……えーと、おじいちゃんと友だちなんですか？」

「友だち？　ふん！　そんな簡単なものではない。まあ、しいて言えば盟友——というのが正しいかな」

「あなたも……職人なんですか？」

「つまらん質問ばかりだな。お前につきあっていたら日が暮れちまう。俺は職人ではない。カイザーとジサマの直したものを持ち主にとどけるのが俺の仕事だ。まあ、言ってみれば、カイザーとジサマと俺は、共同事業者のようなものだな。だった——と言うべきか。まあ、色々ある」

「ジサマ？」

「お前はなにも知らんのだな！　ジサマを知らんとは」

小鬼はフン、と鼻を鳴らすと、首をポキポキ鳴らしながらむきなおりました。

「ジサマはアシトカ工作所の主（あるじ）であり、こっちでは知らぬ者のない職人だ」

「こっち？」

「お前から見れば、あっちだがな」

「ジサマという人は……職人なんですか？」

「職人たちをたばね、納期どおりに仕事を仕上げる。それがジサマの仕事だ。むろん、ジサマ自身、ほかにならぶ者のない職人でもある。ジサマと肩をならべることができたのは、お前のじいさんだけだった」

工房がガタガタとゆれはじめました。小鬼が貧乏ゆすりをはじめたのです。棚から、おじいちゃんの残した道具や部品が落ちてしまいそうです。

「あなたは？」

「人の名を聞くなら、まず自分から名のれ」

さっき名のったのにな……と思いながら、ピピはあらためて言いました。

「ごめんなさい……ピピ・シュミットです」

「すぐあやまるな。いつもすみませんごめんなさいと言っていると、かんじんなときにあやまれなくなるぞ」

ごめんなさいと言いそうになりましたが、飲みこみました。

「俺の名は、ズッキだ。カイザーはりっぱな職人だった。本当に残念なことだ。まあ、色々ある」

どうやら、「色々ある」というのが、ズッキの口ぐせのようでした。

ズッキは腕組みをして、ぶつぶつひとりごとを言いはじめました。

「これからどうするか」「ジサマになんて言うか」「納期に間にあうのか」……。

ピピは、作業机に目をむけました。

傷ついたフリッツがランプの明かりに照らされ、ふたりの会話に耳をすませているようでした。

「ズッキさん」

「なんだ」

「あの人形は、おじいちゃんからもらったものです。あの……」

「なんだ、ハッキリと言え」

「ジサマなら……こわれてしまった人形を、直してくれるでしょうか？」

「それはジサマが決めることだ。俺にはわからん」

「はい……」

ピピは言葉をつなげず、うなだれました。

「そいつをなんとかしたいのか？」

「はい」

ズッキは、ピピの目をのぞきこみました。目をそらしそうになりましたが、がまんしてその目を見かえしました。

ズッキは、ニヤッと笑い、

「ついてこい。もとどおりにしたければ、自分でやればいい」

と言ってクルリと背をむけ、がに股足で歩きはじめました。

「あ、はい！」

ピピはあわてて、フリッツを上着でつつみました。

でも、どこへいくというのでしょう？　目の前には、壁一面の棚しかありません。

ズッキは棚の前に立つと、眉間に親指と人差指をあて、うつむいて考えこむようなポーズをとりました。

「あの……」

「しずかに！」

ズッキは片方の手をつきだし、ピピの言葉をさえぎりました。

「あ！」

ピピは声をあげました。

工房の奥の棚が真ん中で分かれ、むこうがわへとひらきはじめたのです。

「ふう」

ズッキはひと息つくと、

「いくぞ。あっちへの道を思い出さないと、道はひらかんのだ」

と言って、棚のあいだに体をすべりこませました。

棚のむこうは、ゆるやかな長い階段になっていました。

ズッキのがに股足の先は、真っ暗闇に落ちこんでいます。

ズッキはふりかえり、ピピの不安そうな顔を見てまゆをつりあげました。

「なんだ、はじめてか？」

「はい」

「なるほど……カイザーはこの道のことは話していないということだな」

ズッキは、ブツブツとなにか言いながら階段をおりつづけました。


いくら下っても、ズッキの背中がぼんやり見えるだけで、ゆく先は闇です。

ピピはしだいに不安になってきました。

「すみません」

「あやまるクセを直せと言っただろう」

「あ……えっと、ズッキさん」

「なんだ」

「あと、どれくらいかかるんでしょう？　あまり遠いと、パパとママが……」

今ごろ、家に帰ってこないピピを心配しているにちがいありません。

「心配はいらん。あっちとこっちでは、時がちがうからな」

「とき……？」

「もうすぐだから辛抱しろ。こっち……いや、もう半分はきたからあっちかな？　お前にかぎったことではないが、あっちの世界の人間は先のことばかり考えすぎる。先のことなんかわからんだろうに」

頭のなかがぐるぐるまわっているようで、考えがまとまりません。

半分まできたということは、今きた道と同じくらい歩けばつくということでしょうか。

ズッキは、ピピの頭のなかを見すかしたように言いました。

「目的地がわかっている道は、早く感じるものだ。反対に、行く先がわからないときは、ずっと遠く感じる。とくにしんどいときはそうだな。そんなときは、先のことを考えずに、ゆっくり、一歩一歩進むしかない」

足が痛くて、もうこれ以上歩けないと思ったころ、ズッキの肩ごしに、出口とおぼしき四角い光が見えてきました。

第三章

歯車広場「ガング」

「よく歩いたな」

ズッキがふりかえりました。

「歩いたらだいぶ、腰がよくなった」

光をぬけた先には、大きな三角形の空間がひろがっていました。

左右の壁が天井へとななめにそびえ、天窓から落ちる光が床を照らして長いじゅうたんのようにつづいています。

「ボーッとしない！　いくぞ」

光のじゅうたんは、小学校のプールふたつぶんくらいの長さがありました。

左右には木製の椅子がならんでいて、半分くらい進んだところで椅子のむきが変わり、むかいあうかたちになっています。

ピピは、外の光にとけこんでゆくズッキの背中を追いかけました。

建物は、大きな広場に面していました。

長い階段を下ってきたはずなのに、太陽が空高く輝いています。

広場を取りかこむ建物の壁は、ピンクやブルー、グリーンでぬられ、白い窓枠のたもとで、色あざやかな花が咲きみだれています。

広場には、たくさんの人々がゆきかっていました。

人のような者たち……といったほうが正しいような、奇妙なふうぼうをした者もいます。小枝のような手足の女性や、見あげるほど背の大きい丸太のような男たち。顔の大きさくらいの耳をぶらさげた女性や、つり鐘のような鼻に、立派なヒゲをたくわえた紳士……。

ズッキは、立ちつくすピピを横目でふりかえり、

「夢じゃないぞ。俺にとっては、お前の世界の者たちのほうが、おかしく見える」

と笑い、広場をぬけ大通りへと入ってゆきました。

食堂では、こっちの世界の住人たちが、見たこともないような食べものを口に運び、色とりどりの飲みもののそそがれたグラスをかたむけながら談笑しています。

厨房には肉のかたまりが下がり、何者かの影がせわしなく動いています。ダン！ダン！　とふりおろされる包丁の音に、ピピは身をすくめました。

とうめいなガラスでできた家具屋。木のうろのような建物のなかで植物がひしめく花屋。こくこくと色が変わる液体をビンづめにして売っている店……。ピピは目うつ

りして歩みがおそくなり、ズッキの背中を見うしなってしまうところでした。

「さて、ここでしばし待つぞ」

ズッキが右手をあげ、立ち止まりました。

「あれ……？」

ピピは目をゴシゴシこすりました。さっきまでまっすぐつづいているように見えた通りが、ふたつに分かれているように見えたからです。

でも、それは現実でした。通りが左へと流れ、別の通りが右からやってきて、今きた道とつながろうとしているのです。

「この場所は、ガングという。歯車という意味だ」

「まちが……動いているんですか」

「まわっているのは、中心部だけだ。ガングから出るには、ゆくべき道を待たなければならん。工場へむかう道はあとふたつ先だ」

「まちの真ん中がまわっていて、外の道とつながっている、ということですか？」

「そうだ」


ひとつ目の通りが、ゆっくりと通りすぎてゆきます。

ポプラの並木通りのむこうで噴水が水しぶきをあげていました。道ゆく人々は、ドレスやパーティースーツに身をつつみ、日傘をさして優雅に歩いています。

「ふん、真っ昼間からのんきなもんだ」

ズッキは、並木通りをゆく人々のことがあまり好きではないようです。

「どうやって、広場が動いているんですか？」

「さっき言っただろう。歯車だ。ここは、地下深くにある歯車でまわっている」

「待ち合わせするときはどうするんですか？」

「そんなことは、そのときになってみなければわからん。いいか、俺は同じことを何度も言うのはきらいだ。一度言ったことは、おぼえろ。頭にたたきこめ。大事なのは、おぼえておくことだ」

「はい」

「これから、われらが工場にいく。そこで働けるかどうかはお前しだいだ」

「はたらく？」

「当然だ。お前は、ジサマがホイホイとカイザーの形見を直してくれるとでも思っているのか？」

上着を抱いた手に、力が入りました。

働くとは、どういうことでしょう？　フリッツを直してもらうには、工場で働かなければならないということでしょうか。

ゴゴン――と低い音がひびきわたり、ふたつ目の通りが、歩いてきた通りとつながりました。

「ガングはお前たちの世界で言うところの半日をかけて一周まわっている。通りは十二ある。ほかに、聞きたいことはあるか？」

「この先に、ジサマ……の工場があるんですか？」

「ジサマと俺の工場だ。この道をまっすぐいった先に、われらがアシトカ工作所はある」

ズッキはニカッと笑うと、がに股足で歩きはじめました。


通りには、レンガづくりの工場がつづいていました。

職人たちが汗を流しながら、さまざまなものをつくっています。家具や日用品、おもちゃや革細工。木を削る音とともにおがくずのにおいがただよい、金属をトンカンとうちつける音が、ぬけるような空へとひびきわたります。

「ここはハントヴェルカー通り――職人街だ。こっちで使われるものは、たいがいここでつくられている」

数百メートルは歩いたでしょうか。つきあたりは石づくりの壁になっていて、そのむこうにいくつもの塔がそびえていました。

左に曲がり、壁を右にしてしばらく歩くと、ひときわ大きな、横広の建物が見えてきました。白い壁に、オレンジ色の屋根。壁半分がつたにおおわれていて、今にも建物が地面にひきずりこまれそうに見えます。

「ついたぞ」

ズッキは、ピピの背丈の三倍はあろうかという大きな扉の前に立ちました。

「ここが、われらがアシトカ工作所だ」

両びらきの扉をぬけると、巨大なふきぬけのあるホールに出ました。

頭上にはわたり廊下が交差していて、つなぎの服を着た職人たちがせわしなく行き来しています。職人たちのつなぎは青色か黄色で、そのなかに数名、赤いつなぎを着た若い職人たちの姿がありました。

「おかえりなさい、ズッキさん」

足もとから声がしました。

ネズミそっくりな顔をした男性が、ふたりを見あげています。

背丈は、ピピのひざ下くらいしかありません。かかとをそろえて背筋をピンとさせて立ち、小脇に紙束をかかえています。

「ロノ、おそくなったな」

「なかなかお帰りにならないので、心配しておりました。こちらは？」

「ああ、カイザーのところの孫だ。残念だが、カイザーは去った」

「なんと……」

ロノと呼ばれたネズミ男は、悲しげにこうべをたれました。

「残念です……おじいさまは、すばらしい職人でした」

ピピは胸をつまらせ、うなだれました。

「ジサマは？」

「今、工房です。先ほど、食事を終えたところでしたから」

「早いな」

「はい、急がないと納期に間にあわないと」

「まあな。よし、いくぞ」

「あ、ズッキさん」

ロノがズッキを呼びとめます。

「なんだ、どうした？」

ロノは、かかえていた紙束をひらきました。

「また返品です。ほら、こんなに。送り先がちがっているのかと帳簿とつきあわせて確かめてみたのですが、宛先はまちがっていません」

ズッキは紙束を受けとり、目を左右に走らせました。

「ふむ。色々ある」

ズッキは誰にともなくそう言うと、歩きだしました。ピピは、なにか言いたげな顔をしているロノに頭を下げ、ズッキのあとを追いかけました。

ホールの中央には、柱をかねたエレベーターがあり、柱の鉄骨のあいだから、ワイヤーと歯車がのぞいています。

「急げ。おそい！」

ズッキはエレベーターに乗り、クルリとふりかえってさけびました。

「あ、はい！」

ピピがすべりこむと同時に扉が閉じ、ゴゴンと歯車がかみあう音がしたあと、エレベーターはゆっくりと上昇しはじめました。最上階をしめす電球が点灯し、鉄製の矢印がかたむいてゆきます。

ピピは、丸い小窓をのぞきこみました。

図面をひろげながら熱く議論をかわす黄色いつなぎの若い職人たち。ひとり椅子に腰かけながら考えこんでいる老職人の姿が、上から下へと流れてゆきます。

「カイザーの孫よ」

「あ、はい」

「カイザーが去ったときのことを……おぼえていないと言ったな」

「はい」

「それでは、カイザーが最後に直していたものがなんだったかも……記憶にないということか」

「はい、わかりません。すみません」

「あやまらなくていい」

ズッキは、なにか考えている様子でした。


最上階は、ふきぬけ天井のさらに上にありました。

扉がひらくと、赤いじゅうたんの廊下がつづいていました。天井から下がったランプの灯が、じゅうたんの毛足をうかびあがらせています。

「いくぞ」

ズッキは、足早に廊下を進んでゆきます。

左右の壁には、たくさんの額がならんでいました。鳥の羽をもった飛行機や、ムカデのような関節をしたロボット、プロペラで飛ぶ巨大な都市――。

「わぁ……」

「ボーッとするな。ジサマは気がみじかいからな」

廊下のつきあたりに、木の扉が見えてきました。

「あそこが、ジサマの部屋だ」

一枚板でできた立派な扉は両びらきになっていて、樹木が彫りこまれていました。大地から雲をつきぬけ、空高くまでのびた枝に月や星が実っています。

「ここから先は、ひとりだ。俺はやらなければならないことがある」

「え？　ズッキさんも……一緒じゃないんですか？」

「そうだ。色々あるからな。ジサマと話すと長くなる」

「そんな……」

「ジサマの前で、よけいな話は禁物だぞ？　では、またな」

ズッキはピピに背をむけ、スタスタと歩き去ってしまいました。

扉にむきなおります。ごくりとつばを飲みこみ、扉をノックしました。

「はいはい」

想像していたよりもかん高い声が、扉のむこうでひびきました。

「入って」

緊張で、顔がパンパンにふくらんでいます。

ピピは上着をかかえなおし、肩で扉を押して部屋に足をふみいれました。


室内は白くけむっており、霧のなかのようでした。

壁一面に古い書物がビッシリとならんでいます。中央に緑色のソファーがあり、テーブルの上に書物がうずたかくつまれていました。

「誰ですか、あなたは？」

人の気配を感じ、ピピは声のしたほうをむきました。大きな作業机から、モクモクとけむりがあがっています。

「あの」

「ズッキは一緒じゃないの？　まあ、ズッキと話すと疲れるからいいんですけど」

「はい、ズッキさんは用事があると」

「そうですか。まあこっちもややこしいことになっていますからね。めんどくさがらずにかたづけないと次に進めない」

「あの」

「まあ、仕事なんてそんなものです。とりあえず、やってみる。できたら、うれしい。できなかったら、忘れる。また、やってみる。そのくりかえしです」

ジサマは少し間をおいてから、

「あなたは？」

と、あらためて聞きました。

「ピピといいます。カイザー・シュミットの孫です。あの……」

心臓が口から飛び出しそうになり、うまく言葉をつなぐことができません。

ジサマはだまって、ピピの言葉を待っているようでした。

ピピは、フリッツをつつんだ上着の重さを感じながら、

「おじいちゃんからもらったこの人形を……」

と口にしたあと、大事なことを言い忘れていたことに気づき、

「おじいちゃんは……亡くなりました」

と、うなだれました。

白いけむりのなかで、ジサマの動きが止まるのがわかりました。

「そうですか……カイザーが去りましたか」

プハア、とひときわ大きなけむりが立ちのぼります。

「あの！」

ピピは一歩をふみだし、声をふるわせました。

「おじいちゃんからもらったこの人形を……直していただけないでしょうか」

ジサマはけむりのむこうで、顔をあげたようです。

「直すなどという言葉をたやすく使ってはいけません。こわれたものは、そうやすやすとはもとどおりにはならないからね」

しずかだけれど、ぴしゃりとした口調です。

「すみません」

ピピは身をすくめ、力なく一歩下がりました。

「それを、そこに」

「え？」

「カイザーからもらったというそれを、見せてください」

「あ、はい」

ピピはテーブルに上着をおき、ふるえる手でひらきました。

ジサマは立ちあがり、しっかりとした足どりでソファーへむかって歩いてきました。

背筋をピンとのばし、ベージュ色のエプロンをかけています。

ジサマは、とても印象的なふうぼうをしていました。

頭がとても大きく、耳がかくれるくらいの真っ白な髪が、七三に分けられています。

立派な鼻の下はゆたかなヒゲにおおわれ、太いまゆ毛の下のべっこうメガネの奥で、黒目がちの目がクルクルと動いていました。

ジサマは、ソファーに腰をおろし、身をのりだして目を細め、

「はいはい」

とつぶやいたあと、メガネを押しあげてピピを見ました。

「名前は？」

「え……」

「この子の名前です」

「フリッツといいます」

「なぜ、フリッツを――修理したいのかな？」

「おじいちゃんがくれた、大切なものだからです」

「大切なものだから……もとどおりにしたい――と？」

「はい」

「それだけではわかりませんね」

「えっと……」

頭にうかんだ言葉が、口をついて出ました。

「おじいちゃんとの思い出を、もとどおりにしたい……からです」

「ふむ。でも、フリッツはここにいる。だいぶ部品が足りなくなっているようだが……こわれていても、カイザーとの思い出は消えないのではないかな?」

「そうかもしれません。でも、このままではおじいちゃんとの思い出が、こわれたままになってしまう気がして……それに……」

ジサマはしずかな目で、ピピの言葉を待っています。

「わたしは、おじいちゃんが亡くなったときのことを、おぼえていないんです。フリッツがもとどおりになれば、またおじいちゃんに会えるんじゃないかって……」

ピピは声をふるわせ、うなだれました。

ジサマはしばらくピピを見つめていましたが、沈黙をやぶるように、パカッと笑いました。

「わかりました」

ソファーに身をもたせ、壁をはうようにつたう、ラッパのようなかたちをした伝令管にむかってさけびます。

「トッコ!　トッコはいるかな?」

数秒の間のあと、伝令管のむこうから声がひびきました。

『ハイ！　ジサマ、なんでしょう？』

「新入りです。机とベッドを用意して。あと、ロノに工具一式をそろえるように言って。あ、新しいのでなくていいからね」

『ハイ、わかりました！』

「じゃあ、よろしく」

伝令管のむこうで、ドタバタと音がしたあと、部屋はふたたびしずけさにつつまれました。ジサマはピンと背筋をのばしてゆったりと歩き、作業机にもどりました。

「ここで働くことを許可します。明日からここで、腕をみがくといい。そして、自分の手で、カイザーの残したものをもとどおりにするんです。それまでフリッツは、ぼくがあずかっておきます」

ピピが立ちつくしていると、ジサマはブハアとけむりをはきだしました。

「あとはトッコから聞いてください。サボっていると、ズッキに怒られてしまいます。納期がせまっていましてね。ややこしい。でも、大切なことほど、めんどくさいんです。めんどくさい。ああ、めんどくさい」

ピピは大きく息を吸いこみ、答えました。

「はい、よろしくおねがいします」

こうしてピピの、アシトカ工作所での修業がはじまったのです。

第四章

黒いエージェントたち

そのころ、ピピが今いる世界から見てあっちの世界――つまり、読者のみなさんがいる世界のカールレオンの市庁舎受付に、真っ黒なスーツを着た男がひとり、立っていました。ピピが時計台広場で目撃した、三人の男のうちのひとりです。

男は、受付の女性に告げました。

「市長は、いらっしゃいますでしょうか」

市庁舎には日々、何百人もの人がおとずれます。

カイカクの名の下(もと)、合理化されたシステムの導入で窓口が分かれて以来、市長室へ客を通すことはほとんどありません。

「失礼ですが、どのようなご用件でしょうか」

受付の女性は、マニュアルどおりに答えました。

「カイカクの、お手伝いにまいりました」

「失礼ですが、事前にご予約は？」

「ありません」

「市長は多忙をきわめておりまして、今すぐにというわけには……」

「きっと市長は、我々の話に興味があるはずです」

「そう言われましても……」

真っ黒なスーツの男は、だまって受付の女性を見つめています。

男のうしろに、ひとり、ふたりと人がならびはじめました。このままでは、ちょっとしたさわぎになってしまいそうです。

彼女は、合理的かつスムーズに人をさばくことを命じられていました。うまくやっていればお給料は安定しますが、少しでも苦情やトラブルがあるとポイントが下がってしまうのです。秘書室に内線電話をかけますが、つながりません。

こんなミスをするわけにはいかない。学校を出たばかりで、これから何年もかけて、奨学金をかえさなければならないのに……。

「たいへん申しわけありませんが……」

顔をあげると、黒い男の姿はありませんでした。


そのすぐあと。

市庁舎七階の廊下を、真っ黒なスーツの男たちが歩いていました。

男の数は、いつのまにか三人に増えていました。

市長室のとなりにある会議室では、ある重大な会議がおこなわれていました。

扉に、

カールレオンカイカク会議

と、はり紙がされています。

二年前、市長に当選したムラーノ氏は、カールレオンを大きく「カイカク」し、新たなまちへと生まれかわらせようとしていました。

長い会議テーブルを前に、ムラーノ市長を中心に十名ほどの有識者がならび、壁ぎわには職員たちが緊張した面もちですわっています。

ピピのパパが、マイクを手に立ちあがりました。

「有識者のみなさん、貴重なご意見をありがとうございました。それでは市長より、ごあいさつをさせていただきます」

市長が、背の高い、がっしりとした体を大きくそらせて立ちあがり、スーツの前ボタンをとめながらもったいぶった調子で口をひらきました。

「カールレオンは古くより、工業都市として発展してまいりました。かつてこのまちでつくられた品々は、世界中で高い評価をえてきたのです」

年長の有識者が、大きくうなずきます。

「しかし、時代の変化は伝統あるこのまちにも、いやおうなく押しよせてきています。カールレオンは、生まれかわらなければなりません」

若い長髪の男性が大きくうなずきます。

「さらに深刻なのは、長時間労働です。技術の進歩によって、人間がやらなくてもよい仕事は増えている。しかし、このまちは完全に立ちおくれている。朝から晩まで働き、いくら手を動かしても、生活はいっこうによくならない！」

かしこそうなメガネの女性が大きくうなずきます。

「我々は、変わらなければならない。古いしがらみをすて、人間がやらなくてもすむ仕事は機械やコンピュータにまかせ、よりゆたかで充実した生活を送れるようにしなければ、このまちは立ちゆかなくなるのです」

市長の合図で、スクリーンに図表が映しだされました。

「これが、カールレオンのカイカクスケジュールです」

横長のカレンダーには、むこう五年間のカイカク計画が記されていました。

大企業の資本を受けいれ、旧市街の再開発と工場のオートメーション化を実現すれば、市の財政は赤字から黒字に転じ、右肩あがりに成長する――ということになっているようです。

「ちょっと、よろしいかな」

年長の有識者が、ふるえる手をあげました。

「どうぞ」

「その……カイカクによって、職人たちの仕事はどうなるのかね？」

市長は、想定どおり――という顔をして、

「シュミット君」

と、ピピのパパに回答をうながしました。

「ご心配にはおよびません。カイカクが進めば職人たちの仕事は楽になり、家族と一緒にすごすゆとりも増え、自分の時間もとれるようになります。働きすぎによる過労や病気もふせげ、経済効率もあがることが期待されます」

年配の有識者は口をモゴモゴさせて、両手をひざにおきました。

市長は、テーブルの反対がわにならぶ職員たちのほうをむきました。

「交渉の進みぐあいは、どうかね？」

やせたメガネの職員が、おずおずと立ちあがります。

「それが……もうしあげにくいのですが」

「なんだ」

「署名がなかなか集まらず、苦戦しております」

「苦戦……？　どういう意味かね」

「つまり、その……カイカクに反対している職人たちが思いのほか多く……」

市長の顔から、スッと血の気がひきました。

「その報告は、君たちの評価がいちじるしく下がる――ということを意味するのだが、わかっているのかな？」

職員は、真っ青な顔でうなだれました。赤ら顔の太った職員が立ちあがります。

「大変もうしわけありません。もちろん、少しずつ集まってはいるのですが、組合の説得に時間がかかっておりまして、過半数をこえるには、まだ……」

「そう言いはじめて、もう何ヶ月たっていると思うのかね？」

「おっしゃるとおりです。しかし職人たちは、仕事をうしなうのではないかと……」

市長の顔色が、みるみる赤くそまってゆきます。

会議室の扉がノックされ、秘書が顔をのぞかせました。

「市長」

「なんだ！」

「市長に面会したい……という方がいらしております」

「大事な会議中だから、誰も取りつぐなと言っておいただろう」

「はい、そうなのですが……それが」

「なんだ」

「カイカクを、推進する方法を知っている――と」


秘書の背後には、真っ黒なスーツの男たちが立っていました。

三人とも、ひと目では見分けがつかないくらいそっくりな顔をしています。

七三に分けられた真っ黒な髪。四角い顔の中央に、定規とペンでひいたような目鼻口がおさまっています。ネクタイも、靴も、シャツも、カバンも真っ黒でした。

真ん中の男が、真っ黒な名刺を一枚、さしだしました。

六角形のマークの下に、会社名だけが記されています。

メモリーチェーン社

市長は、名刺から顔をあげました。

「私(わたくし)、メモリーチェーン社のエージェントをつとめております」

「あいにくここは会社ではない。カイカクに興味があるのなら、あらためて担当から連絡させるが……ごらんのとおり、今は重要な会議中でね」

真ん中の男は、細い目をうっすらとひらきました。

「ムラーノ市長、大変失礼ながら、現在進めておられるカイカクは、想定どおりに進んでいないのではないでしょうか?」

市長はムッとして腕を組みました。

「長い歴史のあるまちを変えるには、痛みがともなうのだ」

「おっしゃるとおりです。未来を見すえておられる市長のお考えに、大衆が追いつくには時間がかかります」

「ふむ」

「市長はまちを変えようとなさっている。ですが、古い考えにとらわれた人たち、変化を恐れるものたちを動かすことは、簡単ではない」

「そのとおりだ」

真ん中の男は、市長の目をまっすぐ見て言いました。

「ぜひ、カイカクを推進する方法を、提案させていただきたいのです」

「ほう」

えたいの知れない男たちの話を聞くのはしゃくでしたが、市長は、カイカクを推進する方法を知っているという男の言葉をすておくことができませんでした。

「わかった……話を聞かせてもらおうか」

カイカク会議は、中断となりました。

✿

パパたちは壁ぎわに立ち、市長は黒いエージェントたちとむかいあいました。

「それで……カイカクを推進する方法とは?」

真ん中の男はだまってうなずき、左の男に目くばせをしました。

左の男がタブレット端末を操作すると、いつの間に接続したのか、スクリーンに映像が映しだされました。右がわの男は、その場で話されていることをすべて記録するかのように、高速でキーボードをたたきつづけています。

「私どもが独自に実施した、世論調査の結果をごらんいただきましょう」

黒と白だけで構成された円グラフです。

「賛成、23・5パーセント。反対、73・5パーセント。その他、3・0パーセント」

市長のまゆが、ピリリとつりあがります。

「どこでこんな数字を！」

市長は、職員たちをにらみつけました。みな、縮みあがって首をふりました。

真ん中の男は、表情を変えずにつづけました。

「これは、我々が独自の手法で算出した数字です。このままでは、カイカクを実現することは困難……と言わざるをえません」

「そんなことはわかっている」

「ご心配にはおよびません。多数決とは、声の大きな人たちが声のちいさな人に対して、自分の意見にしたがえ——と言っている状態にすぎません」

「なにが……言いたいのかね？」

「つまり、人々の考えは、変えられるということです」

「ほほう」

市長は動揺をさとられないよう、ひと息おきました。

「ぜひとも教えてほしいね……その方法を」

真ん中の男もまた、市長と同じくらいの間をおきました。

「このまちの、思い出を消してしまうのです」

「思い出を……消す？」

「はい、記憶を消す――と言いかえてもよいかもしれません」

市長は、半分あきれ、半分がっかりした顔で、椅子にもたれかかりました。

「このまちの住人をみな、記憶喪失にでもしろ……と言うのかね」

「いいえ、消すのは、今の記憶ではありません。過去の思い出です」

「具体的に言ってくれ！」

左の男が、タブレット端末の画面をスワイプさせます。

画面上に表示されたのは、カールレオンの歴史でした。

「カールレオンは、ものづくりのまちとして発展をとげてきました」

地図と映像が表示され、十年単位で過去へとさかのぼってゆきます。

「かつて、このまちが生み出したものは、世界中で高く評価されてきたのです」

「そんなことはわかっている。私はこのまちの市長だぞ」

「本当に……わかっていらっしゃるでしょうか」

「どういう意味だ」

「たとえば市長、あなたは、かつてカールレオンでつくられた品々を、じっさいに手にしたことはありますか？」

「私の父は、かつて職人だった。昔のものは……記録や博物館でしか見たことはないが、このまちの製品がすぐれていたことくらい、誰でも知っている」

「そこです」

「なにがだ。さっぱりわからん」

「つまり、このまちの生み出したものがすばらしい……というのは、人々の記憶のなかにある――思い出にすぎないのです」

「そんなことはバカでもわかる」

「いえ、わかっておられません。このまちが大事にしてきたもの、残そうとしているものは、思い出のなかにしか存在しない」

「ふむ」

「では、その思い出を、消してしまったらどうなるでしょう？」

「具体的に言ってくれ！」

「市長は先ほど、このまちでつくられた品々のことは、記録や博物館のなかでしかご存じないとおっしゃいました」

「あたりまえの話ではないか」

「そこなのです」

男は、語気をつよめました。

「このまちの人々は、かつてすぐれた品々を生み出していたと思っている。でも実際には見たこともふれたこともない――。ただ、思い出のなかでそう信じているだけ」

「それがどうだというのだ。いや……だからこそ、やっかいなのではないか」

男は、よどみなくつづけました。

「カイカクが進まないのは、昔はよかったという思い出のせいです。人々の思考は停止し、過去にしばりつけられている。その記憶を、少しずつ、確実に書きかえてしまえばよいのです」

「ふん、歴史を改ざんするというわけか。そんなこと、今の時代にできるわけがないだろう」

真ん中の男は、うっすらと笑みを浮かべました。

「それが、可能なのです」

第五章

修業のはじまり

「君が、新入りだね」

ジサマの部屋を出ると、ピピよりも少し年上の少年が立っていました。

太いまゆに大きな目。とがった耳にかかった栗色の髪がゆれています。

黄色いつなぎを着た少年は、走ってきたのか、息を切らせながら笑顔の花をひらかせました。

「ぼくはトッコ。トッコ・ビーネマーヤ。よろしく！」

「ピピ……。ピピ・シュミットです。よろしくおねがいします」

ピピがぺこりと頭を下げると、トッコはニッと笑いました。

「ズッキさんから聞いたよ。カイザー・シュミットの孫なんだって？　すごい！　ようこそ、アシトカ工作所へ。さっそく、工場を案内するよ」

トッコは、太陽をたっぷりあびた果物のように、はちきれるようなエネルギーに満ちていました。ピピは、胸がドキドキするのを感じました。

「じゃあまずは、倉庫から順番にまわってゆこう」

エレベーターで一階までおりました。中央ホールは職人でいっぱいです。

「ちょうど今、休憩時間なんだ。ミスのシフォンケーキを食べそこなっちゃうけれど、ガマンガマン」

トッコは、建物正面から見て左手の廊下を歩いてゆきました。職人たちが、お皿に盛られたケーキを口にしながら語りあっています。

「ミスのケーキは最高なんだよ」

廊下には天窓からの光がたっぷり射しこんでいます。

ピピは、トッコに追いつきながらたずねました。

「ここは……どんなものをつくっているんですか」

「あらゆるものを。ここは、修理専門だからね」

「修理専門？」

「あ、ちょうどきたところだ」

廊下のつきあたりは、大きく外にひらけていました。トラックが何台も停車し、木箱や麻袋が、屈強な男たちの手によってはこびこまれています。

「ここには世界中から、直すことがむずかしいものがはこばれてくるんだ。それを修理して、もとどおりにするのがぼくらの仕事さ」

荷物をはこんでいた男がトッコの肩に手をおき、ニヤッと笑いました。

「お前の仕事！　トッコ、ずいぶん出世したもんだな」

「うるさいなぁ、たしかにまだ見習いだけど、もうすぐ……」

男たちは豪快に笑い、「がんばりな！」と手をふりながら、荷物をはこびこんでゆきます。トッコは、頭をかきながら歩きだしました。

「荷物はこの倉庫にはこばれるんだ。いつ、どこから、なにがとどいたかをチェックする」

そこは、小学校の体育館くらいの大きな空間でした。木箱と麻袋が山とつまれ、より分けられた荷物がベルトコンベアーにのって流れてゆきます。

ネズミ顔の男、ロノの姿が見えました。

荷物から封筒を取りだし、天井から下がったかごに投げいれています。かごにはヒモが下がっていて、結び目をひくとスルスルと天井へむけてあがってゆくしかけになっています。

「あれは持ち主からの手紙。それをジサマは、ひとつひとつ、読む」

「すべての手紙を、ですか？」

「うん、ジサマはいつも言うんだ。直すのはものじゃない。持ち主の思い出なんだ……ってね。だからここは、思い出の修理工場――って呼ばれてる」

「思い出の修理工場……」

「じゃあ、次、いこうか」

ふたりは倉庫を出て、廊下を歩きはじめました。

「今は一番いそがしい時期なんだ。一年の終わりって、色んなことを思いかえすだろ？　そのぶん、ぼくたちの仕事も増えるんだ。反対に、思い出す時間がない夏は、こっちがヒマになる。そのあいだに休暇をもらうんだよ。来年の夏はどこへいこうかな〜」

トッコは、倉庫のとなりにある部屋の前に立ちました。

「ここが、仕分け部屋。君は明日からここで働くことになる」

仕分け部屋は、倉庫の半分くらいの大きさでした。空港の手荷物引き取り場のように、倉庫からベルトコンベアーがのびて枝分かれしています。

「とどいた品物は、ここで分解して仕分けされる。新人が最初におぼえなければならない仕事さ。ぼくもしばらくここにいた。ほら、見て」

ピピはトッコにうながされ、褐色の肌をした少年のうしろに立ちました。

赤いつなぎを着た少年が分解しているのは、目覚まし時計でした。ベルがはずれ、ハンマーも折れています。少年は、ゼンマイや歯車をピンセットでひとつひとつ取り出し、テーブルの上にならべてゆきます。

「ひとつでもなくしてしまったら、大変なことになる。集中力が必要なんだ」

ピピは、目をキラキラさせて語るトッコの横顔を、こっそりと見つめました。

「いちど、あまりに集中しすぎて、くしゃみしちゃったことがあってさ。部品が飛んでいっちゃったんだよね。あのときは本当にあせったよ。見つかるまで食事をとることも、寝ることもできなかった。夜中になって見つかったときは、本当にホッとしたなぁ」

思い出にひたっていたトッコが、ピピのほうをむきます。

ピピはあわてて目をふせ、ほほを赤らめました。

「どうしたの？」

「いえ、ごめんなさい……」

トッコはピピにほほえみかけ、歩き出しました。

ラジオや時計、オーブンや暖房器具、アイロンにタイプライター。靴や服、アクセサリー類もあります。この部屋には、身のまわりに存在するものすべてが集まっているようでした。

中央ホールへともどりました。横長の建物は、どこからやってくるにも、かならずこの場所を通る構造になっているようです。日はだいぶかたむき、みがきこまれた床に、長い柱の影が落ちていました。

「さあ、次は二階だよ。ぼくの働いている場所さ」

エレベーターに乗りこみます。ジサマの部屋へいったときには気づきませんでしたが、地下もあるようです。

二階は、柱以外はいっさい仕切りのない、広い空間になっていました。

木製の作業机がところせましとならんでいます。机には部品が山とつまれ、ハンマーをたたく音やドリルの音がひびきわたります。

「ここが、職人部屋。さっきの部屋でより分けられた部品を直して組みたてる。ときには一からつくることもあるんだ」

トッコは声をひそめ、口に指をあてて机と机のあいだを歩きはじめました。片方の目に拡大鏡をつけた職人たちが、部品とむかいあっています。

ピピは音をたてないよう、ひとりの職人のうしろに立ちました。青いつなぎを着た丸刈りの職人が背中を丸めています。

その手には、ボロボロになった革靴がありました。こげ茶色の、足首まであるブーツです。ブーツはしおれた野菜のようにくったりとしていて、つま先がはがれ、靴底と表革がパックリと分かれてしまっていました。

職人は、靴底をはりかえています。ふしくれだった指は白く粉をふき、ツメはビン底のようにぶ厚くふくらんでいます。息をしたら飛んでいってしまいそうな細い釘が、一本一本、靴底にうちこまれてゆきます。何十本もの釘が美しい曲線をつくり、靴底でほのかな光をはなっていました。

「彼は、靴専門なんだ。ジサマのも直してる」

時間が止まったかのようでした。

心臓がトクン、トクンと音をたて、ピピの指は、職人の手を追いかけるように動いていていました。頭のなかに、青いつなぎを着て、作業机にむかう自分の姿が浮かびました。

「トッコ」

われにかえってふりかえると、ズッキが歩いてくるところでした。

「ズッキさん！　おつかれさまです！」

「終わった？　じゃあ、さっそく明日から、よろしく」

「はい、まずは仕分けから、ですね」

「そうだな。あとのことはジサマに相談しておく。ピピ、こいつをわたしておこう」

ズッキは、革表紙の手帳をさしだしました。

「これは……」

無地の手帳です。革の表紙がしっとりと指になじみました。

「これは作業日誌。今日からすべてをメモにとること。大事なのは記憶力。寝る前に読みかえして、翌朝ふたたび見直すこと。トッコ、やってるかな」

トッコが胸をはってさけびます。

「はい！　もう五十四冊目です！」

「そっかそっか」

　ズッキは、ピピの目をのぞきこみました。

「毎晩かかさず。人はなにかしたすぐあとは、八割おぼえている。寝る前には五割に減る。朝おきると、その半分以上忘れてしまう。だから寝る前にかならず読みなおして、整理すること」

　ズッキは、

「じゃあね～」

と、手をヒラヒラさせながら、エレベーターのほうへと歩いてゆきました。

「ズッキさんはすごいんだ。ぜんぶおぼえてる。どんな荷物がとどいていて、いくつあって、なにを、どう直さなければならないのか、すべて頭に入ってるんだ。ぼくらが見落としているものを、未来予知するみたいに言いあてちゃうんだよ」

　ピピは手帳に目を落としました。表紙に『P・S』と焼き印されています。

「ピピ・シュミット、君の名前だね。あらためて、よろしく！」

　トッコは手をさしだしました。

　ピピは顔を赤らめながらその手をにぎりかえしました。

「はい！　よろしくおねがいします」


　いつの間にか、日が落ちていました。

「お腹空いただろ？　夕ごはんにいこう」

ふたりは一階におり、中央ホールをはさんで倉庫の反対がわへとむかいました。

「ここが、食堂だよ。朝昼晩、そしておやつの時間もここにきて」

数えきれないほどのテーブルがならび、職人たちが談笑しながら、夕食をかこんでいました。厨房は食堂を見わたせるようになっていて、立ちのぼる湯気とともに、肉を焼く香ばしいにおいがただよってきます。

トッコは職人たちの列のうしろにつき、ピピにトレイと食器を手わたしてくれました。料理を受けとったあと、あいているテーブルを見つけ、むかいあってすわります。

ぶ厚く切られたローストビーフに、山ともられたマッシュポテト。玉ねぎとバターのスープは、ひと口ふくんだだけで、全身に力がみなぎるようなおいしさでした。

「トッコさんは、どうしてここで働いているんですか？」

「決まってるだろ！　いつか、ジサマの下で働くのが夢なんだ！　ここにいる人はみんなそうだよ。そしていつか、自分の工房をもつ。何年、もしかしたら何十年かかるかわからないけどね。ピピ。君だってそう思ってここにきたんじゃないのか？　……うぐぐ！」

トッコはローストビーフをのどにつまらせ、胸をドンドンとたたきました。

「わたしは……その」

おじいちゃんの形見を直してほしくてきたとは言えず、ピピは口ごもりました。

「はあはあ……どした？」

肉を飲みこみ、目を真っ赤にしたトッコが、ピピの顔をのぞきこみます。

「いえ……すみません。なんでもないです」

ピピは目をふせ、マッシュポテトをほおばりました。


夕食後はシャワーをあびて、食堂のとなりにある寝室へとむかいました。

木製の二段ベッドが、部屋の奥の奥までつづいています。眠りにつく者、ひそやかに談笑する者、車座になってトランプをかこむ者。仕事を終えた職人たちの、しずかな充実感がただよっています。

ピピのベッドは、トッコのすぐとなりでした。ピピのために、ベッドにはカーテンがかかるようになっていました。

トッコは、シャワーをあびてクシャクシャになった髪をタオルでかわかしながら、大きなあくびをしました。

「さあ、最後の仕事は日誌を書くことだよ。ぼくはさっきやっちゃったから……ふわぁ～あ……おやすみ……」

言い終わらないかのうちに、トッコは寝息を立てはじめました。

ピピはズッキからもらった手帳をひらき、今日のことを思いだしました。

ズッキにつれられ「こっちの世界」へきたこと。

「こっちの世界」は、ピピの住む「あっちの世界」とはときがちがうこと。

アシトカ工作所は「思い出の修理工場」と呼ばれていること。

ここには、あっちの世界から、こわれた品々がはこばれてきていること。

フリッツは、ピピが自分で直さなければならないこと。

この工場で働くことをゆるされ、明日から「仕分け部屋」で働くこと。

ミス（？）のシフォンケーキはとてもおいしいらしいこと。

顔をあげると、寝室の明かりが落とされ、職人たちの寝息が合唱のように部屋をつつみこんでいました。

ピピは、手帳の最後に、こう記しました。


わたしは、おじいちゃんみたいな職人になりたい――。

そして、深い眠りに落ちていったのです。

ピピがズッキのあとについて、こっちの世界へとやってきた、翌日。

あっちの世界——ピピがもといたカールレオンの日付が、昨日から今日へ変わろうとするころ。ママは不安な顔をして、パパの帰りを待っていました。いつも、きっかり同じ時間に帰宅するはずのパパが、真夜中をすぎても帰ってこなかったからです。

やがて、遠くから石畳をこするタイヤの音が聞こえ、家の前で止まりました。

「ごめん。おそくなった」

玄関のドアをあけたパパは、少しやつれて見えました。

「おかえりなさい。どうしたの？　こんな時間まで」

パパの肩ごしに、黒い自動車と、真っ黒なスーツに身をつつんだ三人の男たちの姿が見えました。夜の闇にとけこみ、四角い顔だけが宙に浮いているようです。

パパはふりかえって、男たちにむかって頭を下げました。

「わざわざ送っていただき、ありがとうございました」

真ん中の男が、頭を下げました。

「ご連絡を、お待ちしております」

そして四角い顔をあげ、氷のような微笑を浮かべました。

「ともに——このまちをカイカクしましょう」

男たちを乗せた車は、夜の闇へと吸いこまれてゆきました。

「あなた」

「あ、ああ」

ぼうぜんと見送っていたパパが、我にかえります。

「風邪ひくから、なかに入って。それに……ピピが変なの」

「ピピが？」

「そう。昨日、お父さんの工房で寝てたでしょ？　朝、病院につれていって、一日休ませたんだけど……」


壁かけ時計が、午前一時を知らせました。

この家の主だったカイザーが、何度も修理をしてきたものです。

長靴のかたちをした赤いマグカップがふたつ、湯気をたてています。薬草の入ったワインをあたためて飲む、カールレオンの冬の名物です。

「ピピの様子は？」

「上で寝てる。病院の先生は、たいしたことないって。ただ、ショックを受けているみたいだから、週末はゆっくり休ませたほうがいいって」

ママは、ひざの上に目を落としました。

「すり傷だらけだったから、学校に連絡したの。そしたら、ムラーノさんの奥さんがすごい菓子折りもって飛んできて……本当にもうしわけありませんでしたって」

「市長の？」

「うん。リナとケンカしたみたいだって。時計台広場で、お父さんがつくった人形をとりあっているうちに、ピピがころんじゃった……って」

「ああ、それで工房に……」

「うん。でね。病院から帰ってきてから、ぜんぜんおきてこないの」

「医者は大丈夫だって言ってたんだろう？」

「うん。でも……なんだかボーッとして、心ここにあらずって感じで。もしかしたら、いじめられたりしてるんじゃないか……って」

「あいてはリナだろ？　前から仲よかったじゃないか。市長の娘さんが、まさか」

「うん……でも」

ママは二階を見あげました。

「ピピ、毎日おじいちゃんとばかり遊んでいたから……友だちつくるのもむずかしいんだと思う」

「お義父さんが、あんなかたちで亡くなったからな……」

「うん……ピピ、あのときのこと、ぜんぜんおぼえていないって」

「だからよけいに、お義父さんの死を受けいれられないのかもしれないね……」

「そういえば、どうだったの？　会議」

「ああ、それがさ……さっきの人たち」

「うん」

「カイカクを進める方法を提案したい……って、今日会議に入ってきてね」

「だいじょうぶなの？　なんだかあの人たち……」

「ぼくもそう思ったんだよ、最初は。ただ――」

パパはワインで口をしめらせ、会議室でおきたことをふりかえりはじめました。

✿

「私たちは、人々の思い出を保管するお手伝いをします」

真ん中の男は、砂をかむような声で言いました。

「なに？」

市長は、まゆをひそめました。

「どういうことだ？　消すどころか、保管するとは、あべこべじゃないか」

「いえ、同じことです。私たちは、過去から未来へむかって生きています。現在から未来へむけて、ぼうだいな過去――思い出をつくりつづけているのです。人々は、次から次へと生み出される過去にうもれ、未来のことを考えることすらできない」

「思い出にしばられて、先に進めない……ということか」

「そこです。そこで私たちが、人々の思い出を保管し、おあずかりするのです」

「どうやって……」

「あらゆる手段を使って……です」

左の男が、タブレット端末をタップします。

スクリーンに六角形のフレームがあらわれ、ハチの巣のようにひろがってゆきます。

写真や動画、日記や日々の生活データ、友人関係から仕事のネットワーク……あらゆる情報がつぎつぎと展開したかと思うと、それらが収れんし、重なりあって、メモリーチェーン社のロゴにかわりました。

「インターネット上に書きこんだ思い出を、毎日見なおす人はいるでしょうか？人々は、書きこんだはしから忘れてしまうのです。見かえすこともない。我々が思い出を保管するお手伝いをすれば、思い出にとらわれていた人々は安心して過去を忘れ、目先の幸せだけを考えるようになるのです」

長い沈黙が、会議室を支配しました。

「このなかに……その方法を記した計画書が入っています」

男はテーブルに、真っ黒なメモリーカードをおきました。

「計画は、正確かつ緻密に実行されなければなりません。このなかに……適任者はいらっしゃいますか？」

市長はしばらく考えていましたが、長い脚を組みなおし、パパのほうをむきました。

「シュミット君」

「は、はい」

「君を……検討責任者に任命しよう」

黒いエージェントたちは、氷のようなほほえみを浮かべ、ゆっくりとパパのほうをむきました。

「人々から過去の思い出をうばい、今この瞬間のことだけを考えさせれば、未来は我々の思うがままです」

✿

いつの間にか、ホットワインはすっかり冷めていました。

「あなたが……その計画の担当なの？」

「いや、まだわからないよ。まずは検討して、次の会議で報告するだけだ」

「なんだか……こわい話に聞こえる」

「うん。でも、彼らの言うことにも、一理あると思うんだ。このまちは、古い伝統にとらわれすぎている。このままでは時代に取り残されてしまうよ」

「うん」

「それに……」

パパは顔をあげ、二階へと視線をむけました。

「ピピにも、お義父さんの思い出にとらわれてばかりいないで、未来を見てほしい……と思うんだ」

「そうね……」

ママも、天井を見あげてつぶやきました。

第六章

急がなければならないことほど、ゆっくりやれ

「ピピ！　朝だよ！」

ピピは、トッコの元気な声で目をひらきました。手帳をかかえたまま眠ってしまったようです。部屋はまだうす暗く、夜は明けていないようでした。

「ここの朝は早いんだ。まあ、すぐになれるけどね」

「おはようございます。トッコさん」

「トッコでいいよ。さん、なんて照れくさいや」

職人たちはテキパキと毛布をたたみ、作業着に着がえはじめていました。

ベッドわきのロッカーをあけると、赤いつなぎの作業着とブーツが入っていました。

サイズはぴったりでしたが、靴は重く、足があがりません。

「それは安全靴。つま先に鉄板が入ってる。なにか落ちてきたり、釘とかをふんだりしたときのためにね。すぐなれるよ。新人のまわりでは色んなことがおこるから、目立つように赤い作業着ってわけ。研修が終わったら、黄色。職人試験に合格して一人前になったら、青い作業着がもらえる」

トッコは、黄色い作業着のボタンをとめながら、青い作業着の職人をあこがれの目で見つめました。

「職人試験？」

「ああ、課題があたえられて、この工場で働く資格があるか、ジサマに腕前を見てもらうんだ。まだ、ずっと先の話だよ」

「試験に受からなかったら、どうなるんですか？」

「ここで働くことはできない。実力主義だからね。職人の世界はきびしいんだ」

「そうなんですか……」

ピピはヨタヨタと歩きながら答えました。重力が倍の星にきたようです。

「あと、これが工具のカバンね。ロノからあずかってきた」

トッコは、肩かけバッグを放りました。

「仕分け部屋で使うのは、ペンと手帳、ドライバーとピンセットくらいかな」

トッコは、ニカッと笑って親指を立てました。

「じゃあ、がんばってね！　まずは朝飯だよ。しっかり食べたあと、仕分け部屋にいけば、ロノが色々教えてくれる」

トッコは、さっそうと走ってゆきました。

「ドライバーとピンセット、あと、ペンと手帳……あ！」

ピピは革の手帳をひらき、声をあげました。昨晩書きこんだページの反対がわに、丸っこい右肩あがりの字で、返事が書かれていたのです。


ようこそ、われらが工場へ。

これから毎日、その日にあったこと、おぼえたこと、考えたことを書くこと。

あとでやろうと考えてはいけない。昼間伝えたように、人は、すぐに二割、夜には五割、翌朝には八割忘れている。

忘れる前に、書いて、おぼえる。仕事をするにあたって一番大事なことは、すべてをメモにとり、頭にたたきこむこと。

大事なのは、記憶力だよ。

よろしく。

ズッキより

夜のうちに、ズッキが書きこんだのでしょうか？

でも、手帳はピピの腕のなかにあったはずです。ピピはキツネにつまれたような気持ちで、日誌をかかえて走り出しました。じっさいには靴が重くて、ヒョコヒョコとペンギンのような足どりだったのですが……。


そのころ。

ジサマの部屋では、ズッキとジサマが朝の打ち合わせをしていました。

ズッキが、ズズズとコーヒーをすすります。

「ロノから報告があったんですがね……。返品が三倍ですよ、三倍」

「またズッキは大げさですね。ぼくは倍と聞いてます」

ジサマは白いけむりをプハァ、とはきだしました。

「とにかく、なにかおきてるんですよ」

ズッキは、腕を組んで椅子にあぐらをかきました。

「たしかに、時間がかかってるものはある。送られてきてから半年とか、一年とか。修理して送るでしょ。するとたのんだおぼえはないって、もどってきてしまう。ちょっとこれはおかしい」

貧乏ゆすりでテーブルがガタガタとゆれます。

ジサマは、なれた様子でコーヒーカップを手にとり、口にはこびました。

「時代は変わります。いつも、ゴゴッとね。まあ、しかたない。とにかく仕上げないと。カイザーのぶんの仕事もありますからね」

「カイザーにあずけていたものはすべて引きあげてきました。むずかしいものばかりだったので、ジサマ、もうしわけないですが、たのみますよ」

「ああ、もっと若いのにまかせたいけれど、才能というのは、まれですねぇ」

「カイザーのとこの孫、今日からです」

「それが、おぼえていないと」

「カイザーは、なぜ？」

「なるほど」

「今、しらべてますがね」

「ところでズッキ、カイザーが最後に直そうとしていたものって……」

「それも、まだわからないんですよ」

「ふむ、困りましたね」

ジサマはソファーに身をあずけ、ゆっくりと部屋のなかを見まわしました。

「ズッキ」

「なんです？」

「カイザーはまだ……このへんにいる気がするんですよ」

「そうかもしれませんねぇ」

「ま、色々ありますね、ズッキ」

「はい、色々あります」

こうして朝の打ち合わせは終わり、ジサマは作業机にむかい、ズッキはどこかへと出かけてゆくのでした。

ピピは朝食をすませ、仕分け部屋へとむかいました。

「ピピさん、おはようございます。今日からですね。昨晩は眠れましたか？」

ネズミ男のロノが、ピピの足もとで腕を組んで立っていました。

「おはようございます。はい、眠れました」

「睡眠不足は創造的な仕事の敵です。あ、これはジサマの言葉ですけどね」

ロノはニッコリ笑い、ピピを入り口に一番近い席にすわらせました。

「手帳はもってきていますか？」

「あ、はい。ズッキさんからいただきました」

ピピはバッグから手帳を取りだしました。

「作業日誌です。職人たちのなかには、ズッ記と呼ぶ者もいます。気にせず、どんどん書いてください。足りなくなったらすぐに支給します」

「昨日の夜、寝る前に書いたんですけど、そしたら……」

「ああ、ズッキさんの返事ですね。この日誌に書いたことは、ズッキさんのところで読めるんです。そして、返事をくれます。さぼっちゃダメですよ。ここで働く職人はみんな、そうやって色んなことを学びました。もちろん、ぼくもです」

「ズッキさんは、この工場にいる人、全員に毎晩返事を？」

「まさか！　いったい何人の職人がいると思っているんですか？　新人のうちだけです。ズッキさんはあきっぽいので、興味がなくなったら返事はきません。見こみがあると思えば、ずっとつづくこともあります。それは名誉なことです。ですから、返事がきているうちが花だと思って、がんばってください」

「はい」

「もうすぐベルが鳴ります。ピピさんが担当するものがはこばれてきます」

テーブルは、小学校のプールくらいの長さがありました。

「目の前に荷物がきたら、ひとつひとつ分解します。ぜったいに部品をなくしてはいけません。ここにとどくものはみな、何年、何十年も前につくられたもので、かえの部品があることはほとんどありませんからね」

ロノは、ピピの不安を見通しているかのようにほほえみました。

「心配しなくても、新人にあたえられる仕事は、複雑なものではありませんよ」

口のなかがカラカラにかわいてゆきます。

「すべての部品を分解したら、数と種類を書き記してください。部品の数があわないと、次の工程が混乱してしまいますからね」

ロノが言い終えると同時に、ベルが鳴りひびきました。

「はい、時間です。では、がんばって！」

足早に部屋を出てゆくロノを見送り、ピピは椅子に腰をかけ、背筋をのばしました。

コンベアーの上を、厚紙でできた箱が流れてきました。

心臓が、ハッキリ聞こえるくらいの音をたてています。

いよいよ、生まれてはじめての仕事がはじまるのです。


箱をひらくと、油紙で包まれたかたまりが入っていました。目のあらい麻ひもに手をかけますが、ひもはかたくむすんであって、なかなかほどけません。

まわりの職人たちが黙々と仕事を進める息づかいを感じます。

やっとのことで油紙をひらくと、新聞紙でくるまれたものが見えました。紙面にならぶ文字は、ピピの国の言葉ではないようです。

木製の箱が姿をあらわしました。

「わぁ」

それは、オルゴールでした。

上ぶたをひらくと、ガラス板のなかで銅色のシリンダーがほのかな光をはなっています。無数のツメが円筒の上をぐるりとめぐっていて、くしのような鉄板と歯車が見えました。円筒と鉄板には、さびが葉脈のようにひろがっています。

二重底の引き出しをあけると、茶色い封筒が出てきました。

ピピはロノが倉庫でそうしていたように、天井から下がっているかごに手紙をいれ、ひもをひっぱりました。かごは、するすると天井の穴へと吸いこまれてゆきました。

「ジサマがこれから読むのかな……」

オルゴールを裏がえすと、四隅にネジ穴が見えました。ドライバーとピンセットを使って注意深くネジをはずし、トレイの上にならべます。

たがねを使って力をいれると、底板がちぃさな音をたててはずれました。つづいて、二重底の板をはずすと、オルゴールの機械部分があらわになりました。さびがひろがっていて、気をつけないと部品が折れてしまいそうです。

ひたいから、汗がポロポロと流れ落ちました。

すべての部品を分解したら、数と種類を書き記してください――。

ロノのことばが頭のなかにひびきます。

ピピはズッ記をひらき、部品を数えはじめました。でも、うまくいきません。頭のなかがこんがらがって、うまく働かないのです。気がせいて、何度もやりなおしになってしまいます。

ベルが鳴りひびきました。

職人たちが立ちあがり、部屋の外へとゾロゾロ出てゆきます。部屋に明るい日が射しこみ、太陽はすっかり高くのぼっていました。

あっという間に数時間が経過していたことに、ピピはがくぜんとする思いでした。

「おーい、ピピ!」

顔をあげると、トッコが入り口から顔を出し、手をブンブンふっていました。

「ほら！　昼休み中の仕事は禁止だぜ。メシメシ！」

ピピは、トッコのあとを、とぼとぼとついていきました。


「そりゃ、はじめてなんだもん。そんなにうまくはいかないさ」

ふたりは、長い列のうしろにならびました。

お昼は、チキンのクリーム煮でした。ぴかぴかにみがかれたお皿に、半身はあろうかという鶏肉がドンとのせられ、白いクリームがたっぷりとかかっています。

ブロッコリーやカリフラワー、ベビーにんじんやグリーンピースが、お皿のはしからこぼれ落ちそうです。

パンは四種類から選べるようになっていて、トッコは、シュウシュウ音をたてているクロワッサンと、丸いフランスパンをトレイにとりました。ピピは、やわらかそうな白パンをひとつだけとりました。

「ちゃんと食べないともたないぜ」

日射しのたっぷり射しこむ席を見つけ、ふたりでむかいあってすわりました。

「大丈夫大丈夫！　みんな最初は、仕分け部屋できたえられるんだ。整理せいとんが仕事の基本……ってね！」

「ぜんぜん……ダメでした。分解はできたけど、部品を数えるのに集中できなくて……」

「ぼくだってそうだったよ。はじめてやったのは古いラジオだったんだけどさ、スピーカーとアンプをつないでいるケーブルをまちがって切っちゃって……」

「ありがとうございます……トッコさん」

「トッコでいいって言ったろ？　ほら、早く食べないと午後の仕事がはじまっちゃうよ？」

「はい……やってみます」

「なんでもやってみないことには次には進めないからね！　考える前に、手を動かせって、ジサマはよく言うんだ。ズッキさんは、動く前に考えろ……って、反対のこと言うから、ややこしいんだけどさ」

お昼休みはあっという間に終わり、ピピは午後の仕事にもどりました。

トッコはおやつの時間ものぞきにきてくれましたが、それどころではありませんでした。部品と格闘するだけで精いっぱいだったのです。

いつの間にか、日が暮れていました。ピピは肩を落とし、仕分け部屋を出ました。

「一日、おつかれさまでした」

ロノがピピを見あげています。

「すみません……ひとつも、できませんでした」

「一日目はみな、そんなものです」

ロノはすずしい顔をしてほほえみました。

「大事なのは、できるはずだったことをくやむのではなく、できなかったことについて考えることですよ」

「はい……」

ピピは夕食をとらずに、寝室へともどりました。

くやしくて、気持ちを整理できません。

ズッ記をひらき、鉛筆を手にとりました。

今日は仕分け部屋での仕事、一日目でした。

オルゴールを分解するところまではできました。

でも、部品を整理し、数える仕事がうまくできませんでした。

時間が気になり、あせってばかりでした。

みなさんがどんどん作業を進めるのを見て、自分がダメな人間に感じました。

午後いっぱいかけても、ひとつの仕事も終わらせることができず、くやしいです。

翌朝、日誌の左ページに、ズッキの返事がありました。

朝のひんやりとした空気にブルルと身をふるわせながら、ピピは毛布を頭からかぶって、ズッ記にかぶりつきました。

仕事の八割は、整理せいとんだよ。

人間は、色んなことを考える。考えることは悪いことではない。そういう風にできている。だが、大事なのはそれをどう整理するかなんだ。

よい方法を教えよう。まず、目の前にある問題や課題を、ひとつひとつ、書きだしてみる。そのあいだは、考える必要はない。よけいなことを考えずに、ただ書く。一度、目の前の課題を、すべて紙の上に書きだしてしまう。

次にそれらをながめて、整理する。コツは、同じようなもの同士をまとめること。

たとえば、百の課題があるとしよう。目の前に百の課題があると思うと、人は混乱する。考えが止まってしまう。でも、注意深く見てゆくと、そのなかに同じような問題がふくまれているということがわかってくる。

それらを分類する。多くの場合、百の問題は、十くらいの問題になっている。多ければさらに整理してもいい。これが、整理せいとんだ。

そして、人とくらべないこと。

ピピは、ジサマと自分をくらべるかな？　凡人は自分と同じレベルだと思っている相手と自分とをくらべる。これを、劣等感という。劣等感ほどくだらないことはない。くらべるんだったら、ジサマと自分をくらべたほうがましだよ。

そして最後に、アドバイスを。

「急がなければならないことほど、ゆっくり。急がなくてよいことほど、速くやること」

では、よろしく〜。

ズッキより

胸のなかに、光がまたたいたような気がしました。

ピピは、作業着に着がえて食堂に飛びこみ、パンをくわえて仕分け部屋へと走り出しました。

その姿を、トッコと職人たちが、あっけにとられて見ていました。

中央ホールへ出ると、エレベーターから、白いネグリジェを着た少女がおりてくるのが見えました。少女は立ちどまると、青くパッチリとした目でピピを見つめました。

栗色のショートヘアがふっくらとゆれていて、スッとのびた鼻すじの下に、意志の強そうな口がむすばれています。

「うぐぐ」

口のなかがパンでいっぱいで、言葉を発することができません。

少女はクスクスと笑って、すきとおるような声で聞きました。

「あなた、誰？」

ピピは、少女の美しい顔に見とれながら、ゴクリとパンを飲みこみました。

「なあに？　私の顔に、なにかついているかしら？」

コロコロと鈴が鳴るような声です。

「うぐ……あの、ピピといいます。ここで働くことになりました」

「あら、そう！」

少女は、ピピの足の先から頭の先までをまじまじと見ると、腰に両手をあてました。

「あなた、いくつ？」

「あ、十歳です」

「あら、まだおチビさんなのね！」

まるで、大人の女性と話をしているようです。

「じゃあ、がんばってね！」

少女は白いネグリジェをはためかせながら、走ってゆきました。

作業開始のベルが鳴りました。

ピピの前に、昨日より少し大きめの木箱がはこばれてきます。

なかには、古いトランジスタラジオが入っていました。ピピはラジオをそっとテーブルにおき、うらがえしてネジの位置を確かめました。

「外がわのネジが四つ」

ズッ記に書きこみます。

となりの少年が、テキパキと時計を分解しているのが視界に入りました。

「人とくらべないこと」

裏ぶたをあけると、青や緑、黄色や赤のケーブルが電池ボックスから基板につながっています。基板からは銅のケーブルがのびていて、スピーカーとつながっています。

「仕事の基本は、整理せいとん……」

ひとつひとつ部品をバラしてトレイにならべ、ズッ記に書き記します。

大中小のネジ、何本ものケーブル、スピーカー、電波をあわせるチューナー、クモのような脚をしたトランジスタや、円筒形のダイオード……。

部品の数は、三十八ありました。

「同じようなものをまとめる」

ピピはつぶやき、リストと部品を見くらべながら分類をはじめました。

ネジ大中小　十八個
ケーブル（つながっていないもの）　六本
ケーブル（つながっているもの）　二セット
スピーカー　一個
基板　二枚
トランジスタ（はずれているもの）　四個
ダイオード（はずれているもの）　三個
チューナー　一個
電池　一個

リストは、とてもシンプルになりました。

三十八あった部品が、九つまで整理されたのです。

ピピはズッ記と見くらべながら、ネジは大きい順に、ケーブルは色ごとに、トランジスタやダイオードは、似ているかたちのもの同士で整理してゆきました。

ズッ記に整理した分類と数を、伝票に書きうつします。

「できた……」

ふう、と息をつき、顔をあげました。職人たちが、黙々と作業に集中しています。

魔法にかかったかのような気持ちでした。

昨日は一日かけてできなかった仕事が、もう終わったのです。

「おはようございます。ピピさん」

ロノが、伝票の束をかかえて歩いてきました。

「おはようございます」

「作業完了ですね？　どれどれ」

ロノはトレイをのぞきこむと、伝票と見くらべ、ほほえみました。

「うん……なかなかいいんじゃないでしょうか」

「ありがとうございます！　ズッキさんに教えてもらった……」

「仕事の八割は、整理せいとん、ですね」

「はい！」

「ズッキさんの整理好きは並みはずれていますからね。人の机の上のものも勝手に整理してしまう。ぼくは、大事にしていたものをすてられてしまったことがあります」

ロノは肩をすくめました。

「さあ、次がきますよ」

さっきよりもさらに大きな箱がはこばれてきました。

ピピは大きく息を吸いこむと、次の仕事に取りかかりました。

第七章

ミスのシフォンケーキ

翌朝、ピピはすがすがしい気分で目覚めました。はじめて仕事をやりとげた充実感が全身にあふれていて、別の体に生まれかわったかのようでした。

ピピは、自分の居場所を見つけたように感じていました。トッコは親身になってくれましたし、同室の職人たちは、さまざまな技術を教えてくれました。みんな、人と話すことが得意ではないけれど、心優しい人たちばかりだったのです。

寝る前に、その日学んだこと、考えたことを整理して、ズッ記に記しました。不思議なことに、目覚めるとやるべきことが見えているのです。寝ているあいだに、もうひとりの自分が答えを出してくれているようでした。

ズッキは毎朝、返事をくれました。

机にむかって仕事をしてはダメだよ。

すわったままウンウンうなっても、なにも出てこない。仕事は、朝おきたときにはじまり、寝るまでつづいているんだ。歩きながら、食事をしながら、今取り組んでいる仕事について考えつづける。机にむかったときには、なにをすべきかが見えているはず。

少しずつ、やってみてください。

ズッキより

その日の、午後。

ピピは、トッコとおやつ休憩をとる約束をしていました。午後一番の仕事を終え、部屋を出ると、トッコが満面の笑みを浮かべて待っていました。

「だいぶ、なれたみたいだね」

「はい。まだ、午前中で五つくらいがやっとですけど……」

「それだけできればじゅうぶんだよ。ロノが、飲みこみが早いってほめてたぜ？」

ピピはうれしくって飛びあがりそうでしたが、どう表現してよいかわからず、

「いやそんな……」

と、口ごもりました。

「さあ、いよいよミスのシフォンケーキにありつけるときがきたね！　一度食べたら、

もうやみつきになる。きっと、午後の仕事がはかどるよ」

ホールは、食堂へとむかう職人でいっぱいでした。

「ああ！　急がないとなくなっちゃう！」

トッコが走り出し、ピピは前のめりになって、そのあとを追いました。

食堂に入ると、テーブルが四すみにかたづけられ、中央の大きな丸テーブルをぐるりとめぐる、うずのような列ができていました。

その真ん中で、ひときわ高い女性の声がひびきました。

「ほら！　押さないで！　ひとりひとつだからね」

「ピピ、早く！」

トッコはうずの最後尾にすべりこみ、ピピに手まねきしました。

「すべりこみセーフかな……」

トッコがうずの奥をのぞきこみながら背のびしました。

「さあ！　今この部屋にいる人たちで終わり！　また明日きてちょうだい」

女性の声が食堂中にこだまし、後方からため息が聞こえてきます。

「よかった！　もう少しおそかったらありつけないところだったよ」

トッコがウインクしました。列は少しずつ進み、テーブルが見えてきました。

テーブルには、大人でもひとりではかかえきれないくらいの、大きなシフォンケーキがならんでいました。きつね色の生地から湯気が立ちのぼり、ガラス容器に、金色の液体がなみなみとそそがれています。

「今日はクルミたっぷりの生地に、マロンクリームとはちみつがけよ！」

「やった！　あたり〜」

トッコがガッツポーズします。

「ミスのきげんがいいときは、クリームとはちみつがつくんだ。昨日はニンジンのケーキだったからさ。悪くはなかったけど、やっぱり、ね」

クルミに栗にはちみつ！　お腹がぐうぐうと鳴りました。

「ほら！　さっさと進むのよ！」

列はうずまき状につづいていて、声の主の姿はなかなか見えません。

うずの中心に近づくにつれ、香ばしい小麦のにおいと、はちみつと栗の香りがただよってきます。

はじめに見えたのは、無造作にまくられた袖をゆらしながら、キビキビとケーキを切り分けてゆく細い腕でした。流れるようにナイフをおくと、大きな木さじでクリームをたっぷりとかけ、はちみつをそそぎます。はちみつの金色の光が、キラキラと職人たちのひたいを照らしました。

見たこともないような美しい女性が、そこにいました。

ショートカットの栗色の髪。ひたいから鼻、口からあごにかけての線はまるで、彫刻のようです。白いワンピースからのびる脚はスラッと長く、カモシカのようでした。

「はい、落とさないようにね！　残さずに食べるんだよ」

ミスは高くすんだ声で言いながら、切り分けたケーキを職人たちに手わたしてゆきます。

トッコとピピは、ミスの前に立ちました。

「ミス、ピピです。新入りです！」

トッコが大きな声で言いました。ミスはケーキから目をはなさず、山盛りのクリームにたっぷりのはちみつをかけました。そして顔をあげ、夜の湖のような青い目でピピを見つめました。

「あら、おチビさん」

「え？」

「おつかれさま。たくさん食べて、夕方の仕事もがんばってね！」

ミスは、ニッコリと笑いました。

立ちつくすピピを、トッコがひじでつっつきます。

「おい、ピピ、どうした。うしろがつかえてるぜ」

「あ、はい」

ピピはつまずきそうになりながら、お皿をかかえて列をはなれました。

「どうした？　早く席とって食べようぜ」

トッコは、あいたばかりのテーブルにすわり、

「いただきま〜す」

と手をあわせると、栗のクリームをたっぷりすくい、大きな口へ放りこみました。

「ひゃ〜うっめ〜、これ、なかなかありつけないんだ。ピピは運がいいよ」

立ちのぼる湯気のなかで、ケーキが蜃気楼のようにゆれています。

クリームには、栗の渋皮がねりこまれているようでした。金色のはちみつが、ポタリ、ポタリと、スローモーション映像のようにお皿へと落ちてゆきます。

ピピは、クリームを少しだけ口にふくみました。のちにこの瞬間のことを思い出すと、ピピのお腹はいつでもぐうぐうと音をたてます。栗の香りが鼻先ではじけ、甘さと苦味のむこうに、秋の静ひつな森が見えるようでした。舌が飲みこむことをこばみ、いつまでも食べていたいとばかりに動きつづけます。

次に、はちみつをなめてみました。はじめに感じたのは、舌先に感じるピリピリとした痛みでした。でもすぐに、それが痛みではなく、甘みであることをさとりました。本当の甘味は電気が走るように舌先からのどへかけてころがり落ち、さらに全身をかけぬけるのです。

ピピは、ブルルと体をふるわせて顔をあげました。

「うまいだろ?」

トッコはウインクし、最後のひと口をほおばりました。

ピピはうなずき、絹織物のようなケーキにスプーンをあて、力を加えました。

想像したよりもはるかにちいさな力で、スプーンはカツン――と音をたて、お皿まで つきぬけてゆきました。クリームとはちみつとをからめ、口にはこびます。

「――！」

ピピは、声にならない声をあげ、その場でかたまりました。

「どうした？」

トッコが目を丸くしています。

「ケーキが」

「ケーキが？」

「消えちゃいました……」

「なるほど！ 確かにミスのケーキは、食べたはしからまた食べたくなるからね。しかも、まったくお腹にもたれない！」

ピピは二口、三口と、ケーキを口にはこびました。クリームとはちみつの甘さが口のなかいっぱいにひろがります。クルミの香ばしい香りが、あとからあとから押しよせて、鼻の奥へとぬけてゆきました。

食べれば食べるほど、もっと食べたくなる、夢のようなケーキでした。ピピは舌を動かしつづけ、栗とはちみつ、小麦とクルミの香りを名残おしく追いかけていました。

自然と笑みがこぼれました。トッコもつられて笑い出しました。となりの職人も、そのとなりの職人も。いつの間にか、食堂中に笑いがひろがりました。

「ほら、食べたら仕事にもどりなさい！」

ふりかえると、ミスがすっくと立ち、両手を腰にあてています。

「は〜い！　ほらピピ、いこう！」

ピピは立ちあがって頭を下げました。

「おいしかったです！　ありがとうございました！」

ミスはピピの肩をパン、とたたきました。

「ありがとう！　おチビさん！」

ピピは、ほほを赤くして走りだしました。

✿

それから数日たった、ある日のことでした。

ピピは、その日最後に取りかかったストーブの部品の数が最初に数えたときとあわず、夕食後、仕分け部屋にもどっていました。

部品を数えなおし、伝票の数字とつきあわせ、数があっていることを確認します。

「よかった……」

いったん時間をおいて仕事に取りかかると、それまでむずかしかったことも、あんがい簡単にかたづくものです。緊張しつづけたせいで体はガチガチでしたが、仕事を達成したあとの充実感はひとしおでした。

ピピは、おやつに食べたシフォンケーキの味が口のなかに残っていないかを舌で探りながら、寝室へと歩いてゆきました。今日のケーキは、砂糖をいっさい使わないイチゴジャムと、ミントのねりこまれたケーキでした。

仕分け部屋から寝室までは、ホールをぬけ、長い廊下を歩いてゆかなければなりません。誰もいない空間に、ブーツの音だけがひびきわたります。

「あ……」

ピピは足を止めました。

白いネグリジェをまとったおばあさんが、歩いてゆく姿が見えたのです。

ゆっくりと、一歩一歩ゆく白髪のおばあさんは、とても苦しそうです。

ピピはかけより、そっと、おばあさんの手をとりました。

「お手伝いします」

おばあさんは、ゆっくりと顔をあげてピピを見あげ、目を細めました。深くきざまれたシワのあいだからのぞく目は、大きな真珠のようです。

「ああ、ありがとうね」

おばあさんは、エレベーターのほうを指さしました。ピピはおばあさんの歩みにあわせてゆっくり進み、エレベーターに乗りこみました。

「四階を、押しておくれ」

「はい」

エレベーターが上昇をはじめます。

工場はしんとしずまりかえっていて、歯車の音がひときわ大きくひびきます。おばあさんの手はふっくらと柔らかく、体温がピピの体に流れこんでくるようでした。

「おチビさんは……誰だったかね」

おばあさんは前を見たままたずねました。

「ピピです」

「ピピ」

「はい。カイザー・シュミットの孫です。ここで、働いています」

おばあさんの目が、大きくひらかれました。

「おお、カイザーの……カイザーは元気なのかい？」

ピピは胸がチクリとするのを感じながら、うなだれて答えました。

「……おじいちゃんは、亡くなりました」

「ああ……そうなのかい。そういえば、ジサマにそう聞いたような気もするねぇ。ずっと前のことだったような気もするけれど……カイザーが去ったのかい」

ピピは、だまってうなずきました。

おばあさんはなにも言わずに、じっと前を見ていました。

四階の扉がひらきました。こまやかな装飾に色どられた壁と、ビロードのじゅうたんがつづいています。天井からは真鍮(しんちゅう)のランプが下がり、ろうそくの炎がゆらゆらと廊下を照らしだしていました。

「その、先へ」

ふしくれだった指の先に、朱色の扉が見えました。

「ありがとう。みんな忘れてしまってね。どうやってもどったらいいのか、わからなかったところだったんだよ」

扉の前でおばあさんの力がスッとゆるみ、ピピは自然に手をはなしました。

「ありがとうね、おチビさん」

扉は、手もふれていないのにゆっくりとひらきました。

おばあさんの背中ごしに、部屋のなかが見えました。

部屋は、うすぼんやりとピンク色の光をはなっていました。天井から幾重(いくえ)もの布がつられています。奥にはたまねぎのような円錐状(えんすいじょう)のベッドがあり、シルクのような布でおおわれていました。

「ああ、世界は今日も素敵だった」

おばあさんはそうつぶやき、ベッドへむかって歩いてゆきました。

その夜、ピピは不思議な夢を見ました。

カールレオンのまちにもどっていて、時計台広場に立っているのです。

おじいちゃんが、止まってしまった時計台を見あげています。かけよろうとするのですが、いくら前に進もうとしても、いっこうに距離はちぢまりません。

「おじいちゃん！」

——と声をかけようとしたところで、ピピは目を覚ましました。


「ええー！　マダムの部屋にいったのか？」

トッコが、朝食のスクランブルエッグを飛びちらせてさけびました。職人たちが、びっくりしてふたりを見ています。

「昨日、仕事がおそくなって。ホールで迷っていたおばあさんと四階まで一緒にいったんです。マダムっていうんですか？　あのおばあさん」

「四階なんて、ぼくもいったことないよ。で、マダムはなにか言ってた？」

「いいえ、おじいちゃんの話を少ししただけ」

「そっか、ピピのことはおぼえてた？」

「おぼえていたもなにも、会ったのははじめてです」

「ちがうんだって！　ピピ、君は何度もマダムに会ってる」

ピピは、トマトにフォークを刺したまま、ポカンとしていました。

「だからさ。えーと、ややこしいな」

トッコは頭をポリポリかいたあと、テーブルごしに身をのりだしてピピの耳もとにささやきました。

「ミスと、マダムは、同じ人なんだよ」

頭のなかで、ケーキを切り分けるミスの横顔とおばあさんの横顔が重なりました。

「そういえばふたりとも、わたしのことを、おチビさん……って言ってた」

「そうそう、ふたりは同じ人なんだ」

白いネグリジェの少女の姿がまたたきました。

「あ、おチビさん……って、女の子にも」

「レディだね」

「レディ？」

「そう。朝はレディ、昼はミス、夕方はミセス、夜はマダム。みんな同じ人なんだ」

「ミセス……？」

「そう。厨房（ちゅうぼう）でみんなのごはんつくってくれてるから姿が見えないけど、ぼくたちの夕ごはんをつくって、朝ごはんを仕こんでくれているのは、ミセスなんだ」

「えーっと、レディ、ミス……」

「ミセス・マダムね」

「あ……ミセス……マダムは、ひとりの同じ人で、一日のうちに成長しているってことですか？」

「そうそう！　ぼくも最初はびっくりしたけどね。もっと早く説明しておけばよかったんだけどさ。ピピがものすごく仕事に集中してたから、忘れてたよ」

「じゃあ、マダムは、ひと晩かけてまた、レディにもどるってことなんですか？」

「うん、ひと晩たつと、すべて忘れちゃうんだ。寝ているあいだになにがおこってい
るのかは誰も知らない。時のまゆのなかで眠っている……って聞いたことがあるけれ
ど」

「時のまゆ……ああ、あの、マダムのベッドのことかな」

「時のまゆを見たのかよ！　すごいなピピ」

その夜ピピは、マダムの寝室までいったことをズッ記に書き記しました。

ズッキの返信は、次のようなものでした。


ええ～？　マダムの部屋までいったのか。

それはおどろいた。

ただそのことは、ぜったいにジサマの前では言わないこと。

とくに、時のまゆのことは禁句だよ。

色々あるからね。

ズッキより

第八章　はじめてのおつかい

ある朝、ピピがズッ記をひらくと、最後のページにこんな返事がきていました。

おはよう。
今日の午後、金魚鉢にきてください。

ズッキより

ズッキの部屋は、二階の職人たちの部屋の奥にあり、ガラスばりになっていて、外から部屋ぜんたいが見わたせるようになっています。水槽のように見えることから、職人たちはその部屋を「金魚鉢」と呼んでいました。
ピピは、仕分け部屋での仕事になれてきて、職人部屋への使いをたのまれるようになっていました。トッコに会いにいったり、ロノにたのまれてお茶をかえにいったり、理由を見つけては職人部屋へと足をはこんでいたのです。

何百という部品を、ひとつひとつみがき、組みたてなおす時計職人。くもってしまった鏡をピカピカに輝かせるガラス職人。音の出なくなったトランペットをよみがえらせる楽器職人。

なにに使われるのかわからない、複雑なからくり箱と格闘している職人は、毎日ちがった作業をしているように見えましたが、もう三ヶ月も同じ品物とむきあっているというのです。いったい完成するまでに、何ヶ月かかるのでしょうか。


ピピが金魚鉢へむかったのは、昼食後のことでした。

トッコは、ピピが直々に呼び出されたことを知り、複雑な顔をしました。職人たちのなかでも、ズッキと直接話せる者は少なかったからです。

金魚鉢のガラスのむこうでズッキは、棚から書類を取り出してはひらき、必要なものとそうでないものをより分けているようでした。

コンコン、と金魚鉢のガラスをノックすると、ズッキは顔をあげ、

「なにをしている。早く入って！」

と、ひざをゆすりながらさけびました。

「失礼します」

「うん、どうだ、仕事のほうは」

「はい、なれてきましたが、なかなか速くできません」

「速くやりたいときは、ゆっくりとやることだ」

「はい、急がなくてもよいことこそ、速くやる……」

「そのとおり」

ズッキはメガネを押しあげると、ドカッと椅子に腰かけ、テーブルに足を投げ出しました。ピン！　とライターのふたをひらいてタバコに火をつけ、けむりをはきだします。

ピピは、ズッ記をバッグから取りだして、頭を下げました。

「ズッキさん。いつもありがとうございます」

「おう、ちょうど終わりだったな。何冊目かな？」

「四冊目です」

「うん、いいね」

ズッキは椅子をクルリとまわして棚へむき、革の手帳を二冊取りだして、一冊をピピの前に放りました。表紙に『P・S』と記されています。

「あ……！」

ピピは、思わず声をあげました。ズッキが手もとの手帳のページをくると、テーブルのもう一冊も同じように、パラパラとめくられたのです。

ピピが目を丸くしていると、ズッキはニヤッと笑って、

「この手帳は、ふたつでひとつなのだ。カイザー——お前のじいさんとも、この手帳でやりとりしていたんだぞ」

と、タバコのけむりをはきだしました。

「おじいちゃんも……？」

「今日は、ちょっと外に出てもらうことになる」

「外へ？」

「これを、とどけてほしい」

ズッキは、紙の束が入った茶色い封筒を、指でコツコツとたたきました。

「これは？」

「中身は知らんでもいい。ピピの仕事は、これをとどけることだ」

「はい」

「だが、とどけるだけではダメなのだ」

メガネのむこうで、ズッキの鋭い目が光っています。

「今から言うことを、正確に伝えること」

「はい、わかりました」

「よし、言うぞ。メモをとれ」

「はい」

ピピはパリッと新しい紙のにおいのするズッ記をひらき、ペンを取りました。

「あっちとこっちで異変あり。記憶と記憶の帳簿があわず、思い出同士が消えている。至急確認されたし」

こっちの世界と、ピピが住んでいたあっちの世界に関係があるようです。

ピピは一字一句、書き記しました。ズッキの手もとの一冊にも、ピピの書いた字が浮かびあがりました。

「うん、いいね」

ズッキが、手帳をのぞきこんでうなずきました。

「どこに、とどければよいでしょうか？」

「さっき言っただろう！」

ピピはポカンと立ちつくしました。

「あ！　まだ言ってなかったっけ」

「はい……」

「おお、そうだったか。言ってなかったっけ？　まあ、色々ある」

ズッキは、手もとの手帳に地図を描きはじめました。すると、ピピのズッ記にも、アシトカ工作所から職人街をへて、広場へつづく道がまっすぐひかれてゆきました。

「まず、ガングに出る。歯車広場だ。わかるな」

「はい」

「ガングに入ったら、その場で待つこと。移動してしまうと、どの道かわからなくなるからな。ガングは、時計まわりにまわっている」

ズッキは職人街のつきあたりに、歯車のかたちを描きました。

「時計まわりということは、ガングに出てふりむくと……どうなる？」

「え〜っと、通りは右から左に流れてゆく……」

「そのとおり」

ズッキは、ガングから通りを描き、その横に3と書きました。

「ガングに出たら、ふりかえって三つの通りがすぎるのを待つこと。四つ目の通りが、めざすフラウエン通りだ」

ズッキは「フラウエン通り」とペンを走らせ、いくつかの曲がり角に、郵便局、パン屋、メガネ屋といった目印を書きこみました。

「メガネ屋の角をまがってしばらくゆくと川が見えてくる。そうしたら目的地はすぐだ。橋をわたると、三本の旗と、三角形の屋根のある建物が見えるはずだ。そこが、おもちゃ博物館だ」

「おもちゃ博物館？」

「ああ。そこには、あらゆるおもちゃが集められている。ついたら、アシトカ工作所からの使いと名のるんだ。ひとつ、注意することがある。この博物館は、一歩足をふみいれたら、遊ばなければならん」

「遊ぶ？」

「うむ。館長がやっかいでな。エルンネという。俺のような大人はもちろん、子どもだって、遊び心のないもの、ただ大人の使いでやってきたものは、追いかえされてしまう」

「遊ぶ……って、館長さんと？　どう遊べばよいのでしょうか？」

「俺も、わからん。いつもは朝早く、レディにたのむんだが、もう昼すぎだからな。もうすぐミセスになるから、彼女にも……無理だ」

「はい、いってきます」

「よし、たのんだぞ。この書類と……」

ピピはズッ記を手にとり、大きな声で読みあげました。

「あっちとこっちでいへんあり。きおくときおくのちょうぼがあわず、おもいでどうしがきえている。しきゅうかくにんされたし」

「うん、よろしい」

ズッキが手もとの手帳をパタンと閉じると、ピピのズッ記もパタンと音を立てて閉じました。

「じゃあ、よろしく〜」

ズッキはふたたび棚にむきなおり、

「色々あるなァ」

とつぶやきながら、書類の整理をはじめました。

茶封筒をかかえ、金魚鉢を出ると、柱の陰にトッコの姿が見えました。

ズッキとのやりとりを見ていたのでしょうか。目があうと、トッコはクルリと背をむけ、自分の作業机へと足早に歩き出しました。

「トッコ！」

トッコは席につき、古いあやつり人形を手にとりました。関節をつないだ糸を、パチンパチンとハサミで切りはじめます。

「トッコ」

「おう」

トッコは顔もあげず、そっけなく答えました。

「すごい。あやつり人形だね」

「ああ」

「今、ズッキさんに、たのまれごとをして」

「ああ、知ってるよ」

「これを、おもちゃ博物館にはこんでって」

「いいよな、ピピは、特別あつかいでさ」

「え？」

「やっぱり、カイザー・シュミットの孫はちがうよな」

そう言ったきり、トッコはピピと目をあわせようとしませんでした。

足の先がひんやりしました。


ピピは工場を出て、職人街——ハントヴェルカー通りへむけて歩きだしました。

落ち葉の香りが鼻のなかを満たします。木枯らしがふきぬけ、鼻の奥がツーンと痛くなりました。

カイザー・シュミットの孫はちがうよな——。

トッコの言葉が耳にはりつき、言いようのないさびしさがこみあげてきました。

壁にそってしばらく進むと、右手にハントヴェルカー通りが見えてきました。

なぜか、シャッターを閉じている工場がいくつもありました。

通りのむこうで、歯車広場がゆっくりと動いています。ピピはガングへと足をふみ出し、その場でうしろをむきました。

ズッ記を取りだし、ズッキの描いた地図の3という文字に指をおきました。

「三番目の、通り」

目の前を、ひとつ目の通りが通りすぎるところです。ピピは、ふたつ目の通りが流れてくるのを待ちました。

ふたつ目の通りのむこうには、マロニエの並木がつづく公園が見えました。落葉した黄色い葉っぱが風に飛ばされ、パレードの紙ふぶきのように舞っています。

ピピの目は、何百という風船にひきつけられました。マロニエの木かげで、背の高い男性が、子どもたちに風船を手わたしているのが見えたのです。

「あ」

小さな女の子が、赤い風船を取りそこねてしまいました。風船は風にあおられ、すきとおった冬空へと消えてゆきました。

ゴゴゴゴ……と、三つ目の通りが見えてきました。

背の高い壁にかこまれた、せまい路地です。

「三番目の、通り」

ピピはそうつぶやくと、かたい石畳の通りへと足をふみだしました。ブーツの底から、ひんやりとした石の感触が伝わってきます。

「ここが、フラウエン通り」

でもピピはこのとき、まだ気づいていませんでした。

ズッキは、

ガングに出たら、ふりかえって三つの通りがすぎるのを待つこと。四つ目の通りが、めざすフラウエン通りだ。

と言っていたことに――。

そのころ、カールレオンでは、ムラーノ市長が、市長室から時計台広場を見おろしながら、亡き父のことを思い出していました。

むかし、この国では大きな戦争があり、カールレオンも破壊されました。戦後、そのカールレオンを再建した職人のひとりが父だったのです。

父は、伝統的なカールレオンの技法に最新のテクノロジーや技術を取りこみ、革新的な商品を生みだした職人でした。その腕は職人としての仕事にとどまらず、カールレオンの川の北にひろがる新市街の設計をも手がけたのです。

市長は、父がつくったまちの話を聞くことがほこりでした。自分も父と同じように、このまちで職人として働くのだと信じていました。

でも、ある日をさかいに、すべてが変わってしまいました。

ある晩、父が背の高い大きな体をぐったりと丸め、雨にぬれて帰ってきました。

「工場を閉めることになった」

父は口を閉ざし、その理由について、なにも語りませんでした。

うわさでは、旧市街の開発に着手し、そこでの対立に巻きこまれて、志なかばで計画を断念せざるをえなくなったということでした。

その日から父はうってかわって口数が減り、部屋にひきこもるようになりました。

それから数年たった、ある日のことでした。

長い雨がつづき、カールレオンのまちは、今にも雪になりそうなほど冷えこんでいました。母が、青い顔をして、部屋へ入ってきたのです。

「お父さんがいない」

市長は母とともに、父を捜しました。

思い当たる場所がありました。父が作業をするときに使っていた、近所の倉庫です。でも、倉庫にはカギがかかっていて、何度呼びかけても返事はありませんでした。

母と、カールレオン中を捜しまわりました。職人たちも総出で、父のゆくえを捜してくれました。

翌日。父はその倉庫で見つかりました。みずから命を絶っていたのです。

「あのとき、倉庫のカギをこじあけていれば」

市長の心のなかには、深い、後悔が残されました。

父は、革新をめざす職人としての生きがいをうばわれたから、死んでしまったんだ。

古いしがらみにしばられていては、前へ進めない。

父の遺志を、自分が受け継がなければ……。

その日から、父の無念を晴らすことが、ムラーノ氏の生きがいとなったのです。
今日もカールレオンの空は、あの日のように、低くぶ厚い雲におおわれていました。
頭のなかに、黒いエージェントたちの言葉がひびきます。

人々から過去の思い出をうばい、今この瞬間のことだけを考えさせれば、未来は我々の思うがままです――。

机にむきなおり、パソコンをひらきます。
彼らが残していったメモリーカードには、暗号化されたファイルが保存されていました。名刺に記されたパスワードを入力すると、表紙が表示されました。

「カールレオン　新カイカク提案書」

日付の下で「メモリーチェーン社」の六角形のロゴが、ゆっくりと点滅しています。
目次をクリックすると、十項目の柱がならびました。

1．カールレオン市　職人組合主要人物相関図
2．同市　工場所在地

3. 同市　博物館および記念館所在地

職人組合の人物相関図や工場の場所、カールレオンの歴史や伝統を保管している博物館や記念館の場所が、地図とともに記されています。

次に、実行案がならんでいます。

4. 思い出をうばう方法
5. 古いものを消す方法
6. ヒマな時間をつくらせない方法
7. 思い出アーカイブサービスの提供
8. まちを新しくするゲームの提供
9. 時計台の解体と、旧市街のスマートシティ化プロジェクト
10. 思い出をうばい、未来をわれらの手に

提案書は、とても具体的なものでした。

職員全員が知恵をしぼっても、これだけの計画を構築することは不可能だったでしょう。カイカク検討責任者に任命したシュミット氏によると、すでに男たちの計画は水面下で進行しており、すぐに実行可能――ということでした。

市長の頭に、倉庫でつめたくなっていた父の姿がよみがえりました。

この決断は、はたして正しいことなのか。

まちの思い出を、なくしてしまうことになるのではないか――。

新カイカクプランは、人々の生活を大きく変えることになります。

しかし、市の財政はきびしく、いやおうなしに押しよせる世界的規模の変革の波に乗りおくれたら、まちそのものがなりたたなくなるのです。

カイカクには痛みがともないますが、それをしなくては、職をうしない、路頭に迷う人が増えるばかりなのだ――と、みずからに言い聞かせました。

内線電話で秘書を呼びだします。

「お呼びですか？　市長」

「カイカクメンバーを集めてくれ。今から転送するファイルのプリントアウトを。極秘資料あつかいでたのむ」

「かしこまりました」

市長は立ちあがり、ふたたび窓から広場を見おろしました。遠くで雷鳴がひびき、こわれた時計台に、あの日のようにつめたい雨が落ちはじめました。

その数時間後。

旧市街の奥まった場所にある広場に、黒いエージェントたちの姿がありました。

広場の真ん中には井戸があり、慰霊碑（いれいひ）がにぶい光をはなっています。

男たちは、慰霊碑をかこむようにして立っていました。

真ん中の男が、糸のような口をひらきます。

「かつてこの広場で、悲劇がおこった」

左右の男は、だまって正面をむいています。

「旧市街に住む人々と、まちを生まれかわらせようとする人々とのあいだで、対立がおこったのだ」

広場はひっそりとしずまりかえっています。男は慰霊碑を見つめたまましばらくだまっていましたが、ふたたび口をひらきました。

「ムラーノ市長からの返答は？」

「先ほど連絡がありました。新カイカクプランを、実行にうつしたい――と」

「この日のために、入念な準備を進めてきたが……」

「はい。これでようやく、市の政策として、計画を実行することができます。市民の個人情報も提供する……と」

「あっちの世界の様子は？」

「新カイカクプランを実行することで、計画は一気に進行するかと……」

「すみやかに、このまちの思い出を消しさらなければならない」

「はい。カールレオンの象徴である時計台の解体を手はじめに、旧市街のスマートシティ化を進めます」

真ん中の男は満足げな表情を浮かべたあと、慰霊碑を見おろして言いました。

「アシトカ工作所の場所はつきとめたのか？」

「まだです。今、あっちの世界への入り口を探しております」

「急ぐのだ。かつてのように、彼らによって計画がはばまれることは、あってはならない。人々がふたたび、思い出を取りもどしてしまってはやっかいだからな……」

「はい……かならずやあっちの世界への道を探し、思い出の修理工場の場所を、つきとめます」

ピピは石畳の道を歩きながら、不安がふくらむのを感じはじめていました。

道を、まちがえてしまったかもしれない……。

もときた道をもどっても目印は見つからず、ガングへもどる道もわからなくなってしまったのです。

レンガづくりの建物がならぶ路地は、迷路のようにどこまでもつづいています。

不安で胸がはちきれそうになり、ひざがふるえました。日はすっかりかたむき、家と家のあいだから石畳を照らす残光はごくわずかです。

ピピはブルルと身をふるわせ、作業着のえりを立てて空を見あげました。

交差した無数のロープにかかった洗濯物がゆれています。

遠くで、カラスの鳴く声がひびきました。

しばらく歩くと、小さな広場に出ました。

中央には井戸があり、まわりの石畳がぬれて光っています。

井戸の近くには、石碑が立っていました。黒光りする石に、人と人とがからみあい、苦しそうな表情を浮かべている姿が彫りこまれています。

「なんだろう……？」

気配を感じてふりかえると、ピピの鼻先に、うすぼんやりとした青い光が浮かんでいました。

光は、顔のかたちをしていました。

かろうじて目とわかる部分がピピを見つめ、口とわかるところがひらきます。

「なぜ……ここへ？」

ピピはゴクリとつばを飲みこみました。

「道に……迷ってしまいました」

光は問いました。

「どこへ？」

「フラウエン通りにいきたかったのですが……」

「フラウエン通り」

「はい」

「もう、しばらくおとずれていない。何ヶ月も、何年も」

光は、どこか遠くに思いをはせているようでした。しばらくただよったあと、ピピの鼻の先で、低く、しずかな声をひびかせました。

「ここにいてはいけない」

光がひとつ、またひとつと増え、広場を照らしだします。

ピピは、言葉をしぼりだしました。

「ガングまで、どうやってもどればいいのでしょうか？」

「ガング……」

光はふたたび、記憶を呼びおこそうとしているようです。

「そうか……ここに閉じこめられてから、すっかり忘れてしまっていた」

「閉じこめられているんですか？　ここに？」

「昔は、フラウエン通りにも、ガングにも、自由に行き来できたのだ。だが、あの夜から、それもかなわなくなってしまった」

「あの夜……？」

光たちは、言葉にならないうめき声をあげながら広場をうめつくし、壁という壁を、青くそめあげました。


「ここを出なさい。お前は、この記憶のなかにいるべきではない」

光たちはひとすじの川となって、夕闇の空へと消えていきました。

第九章

夢も現実も、すべて存在する

我にかえると、ピピはガングの入り口に立っていました。

あの広場は、いったい——あの光の主は、なんだったのでしょうか？

ゴゴゴゴ……と歯車広場が回転し、目の前に新たな通りがあらわれました。

通りの入り口には、看板がかかっていて、
フラウエン通り
と、記されていました。ピピはほっとして、川をめざして歩きだしました。

川には、アーチ形の白い橋がかかっていて、柱ひとつひとつが人間や動物の顔になっていました。顔は橋の両がわで対になっていて、たがいに見つめあっています。

笑っている顔。怒っている顔。悲しそうな顔。考えごとをしている顔——。

橋を歩みながら、ピピは急に笑いがこみあげたり、ひどくイライラしたり、物思いにふけったりしました。

喜怒哀楽の橋をわたると、ピピの心は、すべての感情をはき出したあとのようにスッキリとしていました。

しばらくゆくと、ズッキの言ったとおり、三本の旗が見えてきました。

青・黄・緑の旗に、小さいクマ、中くらいのクマ、大きなクマが描かれています。

ピピは、どこかで、この三匹のクマを見たような気がしました。


日はすっかり暮れていました。

ピピは、三角形の屋根の、しっくいとレンガづくりの建物の前に立ちました。

あわいブルーの壁には、アーチ形の窓が六つあり、建物の右手に入り口らしき両びらきの扉が見えました。見あげると、いくつかの窓から光がもれていました。

ピピはバッグをかかえ、書類の重さを確かめてから、扉の前に立ちました。

色あざやかなブルーにぬられた木製の扉の真ん中に、ドアノッカーがついています。猫のような、タヌキのような不思議な動物の顔をしたノッカーです。ニカッと笑った口が、ピカピカに光った取っ手をくわえています。

輪っかをもちあげ、ノックすると、ゴンゴンと低い音がひびきました。

反応はありません。もう一度ノックしますが、やはり返事はありませんでした。

「ギョロリ」

「わ！」

ピピは飛びのきました。

猫タヌキの目がグルッと一回転して、まばたきしたのです。

「ギョロギョロリ」

おそるおそるドアに近づき、猫タヌキへむかって話しかけました。

「あの……アシトカ工作所からきました。ズッキさんから、とどけものを……」

猫タヌキは鼻を大きくふくらませました。

「アソベアソベ」

ズッキの言葉を思い出しました。

博物館は、一歩足をふみいれたら、遊ばなければならん――。

もう、遊びは始まっている……ということでしょうか？

ピピは、腕を組んで考えました。

「カンガエテチャ、アソベナイ！」

猫タヌキがさけびます。考えるよりも、手を動かしたほうがよさそうです。

ピピは取っ手に手をかけ、調子をつけて、ドドンドドンドンドン！　と音を鳴らしました。

猫タヌキが目をグルグルさせてさけびます。

「モット！　モット！」

ピピはなんだか楽しくなってきて、ドンタカドンタカ、ふしまわしをつけてノッカーをたたきつづけました。

「ギョロギョロリー！」

閉ざされていた扉がゆっくりとひらきはじめました。

ピピは、猫タヌキにペコリと頭を下げ、博物館へと足をふみいれました。

バタン、と背後で扉が閉じると同時に、うす暗かった館内が明るくなり、映画で見たダンスホールのような空間が目の前にひろがりました。


金色の柱と、色とりどりの壁。じゅうたんには四季折々の草花が織りこまれ、巨大なシャンデリアが輝いています。

二階のバルコニーへとつづくりっぱな階段が左右にひろがり、そこにはさまざまな大きさの甲冑（かっちゅう）や仮面がならび、ピピを見おろしていました。

壁は一面、ガラスケースになっていて、ブリキの車やぬいぐるみ、木製のおもちゃや色とりどりのゲームがびっしりとならんでいます。

天井には昆虫の羽のようなファンが回転し、プロペラ機や気球、鳥のかたちをした飛行艇がつるされています。

ピピはしばらくのあいだ、おとぎの世界のような空間に見とれていました。

「こんな時間に……なんの用かな？」

建物そのものが語りかけるかのような、深い、地鳴りのような声がひびきわたりました。ピピは一歩ふみだし、おそるおそる答えました。

「アシトカ工作所の使いできました。ズッキさんから、これを」

カバンから書類を取りだしますが、返事はありません。

ピピは、あたりを見まわしました。

階段の下に、赤い木馬が見えました。ピピは木馬を階段の下からはこび、またがってさけびました。

「ハイヤー！　ホー！　アシトカ工作所からきました！　ズッキさんから、これを！

ハイヤー！　ホー！」

ホールは、しずまりかえったままです。恥ずかしくて顔が真っ赤になりましたが、ひるんでいるわけにはいきません。

ピピは、楽器がならんでいる棚からブリキの太鼓を取りだすと、デンデンとたたきました。カールレオンのまちでは、お祭りの時期になると通りに道化師がくりだして、飛びはねながら陽気に太鼓をうち鳴らすのです。

階段の上から、クスクスと笑い声が聞こえてきます。

館長でしょうか？　ピピは汗を飛びちらせながら、バチをふりつづけました。

ふたたび声がひびきます。

「こんな時間に、なにか用かな……の、な！」

ピピは太鼓をうつのをやめ、その言葉の意味を考えました。

「あ……！」

ある答えがひらめきました。ピピは大きく息を吸いこみ、声をはりました。

「な！　……んて素敵な博物館でしょう。いつまでも遊んでいたい……な！」

声の主は、こだまのように言葉をかえしました。

「な！　……かなかやるな、見知らぬ娘っ子。では聞こう。誰の使いでここにき……た？」

ピピは、書類をかかげて答えます。

「た！　……った今、ここにつきました。アシトカ工作所のズッキさんより、これをあずかってきたので……す！」

声の主が答えます。

「す！　……みやかに、それを出すがいい。さすればそこまで、おりていこ……う！」

ピピは大きな声でさけびました。

「う！　……れしいおこたえ感謝します。これがズッキさんよりあずかったもので……す！」

ピピは、しりとり遊びであれば、声の主が返事をしてくれることに気がついたのでした。


書類を階段の一番下の段へとおきました。

階段の上に、天井までのびた大きな影があらわれました。のどがゴクリと鳴りました。おもちゃ博物館の館長エルンネとは、どういう人物なのでしょうか？

影がしだいにりんかくをむすびはじめ、階段の上に人のかたちがあらわれました。

「あれ？」

ピピは思わず、声を出してしまいました。

階段の上に立っていたのは、ピピの背丈の半分ほどしかない、小さな男の子だったからです。

「あなたが……エルンネ館長？」

「うん、いかにも。君は？」

「わ！　……たしは、ピピです。アシトカ工作所で見習いとして働いています」

「もう、しりとりはいいよ！」

そう言って少年は、えっちらおっちら、右足で左足を追いかけ、右足で左足を追いかけして、ピピの前までおりてきました。

「ふ〜ん、こんな時間に君のような子どもがやってくるなんてめずらしいな」

「すみません。道に迷って、すっかりおくれてしまって」

「レディは？」

「あ、レディは今……」

「あ、そうか。もうすぐ、おばあちゃんになる時間だもんね。それよりもさ、なにして遊ぶ？」

エルンネは、大きなつり目をキラキラさせて、ピピの手をとりました。

まだ五歳くらいに見えますが、しゃべり方はまるで大人のようです。栗色の髪が四方へはねていて、耳の近くまでありそうな口がニンマリと笑っています。

長い紺色のマントを肩にはおり、胸のところをコガネムシのブローチでとめています。道化師がはくような白黒の靴が、歩くたびにバタバタと音をたてました。

「あ……ズッキさんからの伝言があるんです」

「ズッキ？　ああ、レディのところのおじさんか。あの人、いつもさわがしくて、苦手なんだよねぇ、ぼく」

ピピはズッ記を取り出してひらき、深呼吸をして一気に読みあげました。

「あっちとこっちでいへんあり。きおくときおくのちょうぼがあわず、おもいでどうしがきえている。しきゅうかくにんされたし」

エルンネの顔が、スッと大人びた表情になりました。

「なんだ、仕事の話か。つまらないなぁ」

そう言い終わるか終わらないかのうちに、エルンネの背はどんどんのび、少年から青年へ、青年から中年の男性へ、そして真っ白い髪とヒゲをのばした老人へと姿を変えました。

「さて、遊びの時間は終わりだ」

あっけにとられているピピに、エルンネはウインクして笑いかけました。

「さあ、書斎へいこう。その書類を見せておくれ」

ピピは、長いマントのすそをふまないように、館長のあとをおいかけました。

博物館は、通路や壁もみな、遊びにみちていました。

階段は一段一段上るたびに、パイプオルガンの音がかなでられ、肖像画の主が歌いだします。

「ケンケン、パ！」

おどり場には、丸、三角、四角の敷石がつづいています。エルンネはケンケンパをはじめました。髪もヒゲも真っ白な老人がケンケンパをする姿はどこかこっけいでしたが、ピピも一所懸命ケンケンパをしてついてゆきました。

「ほいほいほいほい」

おどり場をぬけた先には、ビロードのじゅうたんがつづいていました。

エルンネは体をピンとのばして横になり、じゅうたんの上をゴロゴロところがりはじめました。

「ほいほいほいほい」

ピピもやけくそになってころがりました。

なんだか楽しくなってきました。いつの間にかピピは、トッコに冷たくされたことも、道に迷って心細かったことも忘れてしまっていました。

廊下をぬけると、天井にフレスコ画の描かれた、ドーム状の部屋に出ました。

フレスコ画は、半分が太陽の描かれた昼間で、半分は月と星が描かれた夜になっており、ゆっくりと回転していました。星々が細い糸でつり下げられていて、照明を反射してキラキラとかがやいています。

「さあ、ここが私の書斎だ」

「わぁ……」

そこは、書斎というより、夢いっぱいの子ども部屋でした。

ぬいぐるみ、ロボット、つみ木にパズル。色とりどりのクレヨンや絵の具に画板、おもちゃの家も、まちをひとつつくれるくらいの数がありそうです。

エルンネは、天がいつきの椅子に腰かけました。

ピピに手まねきし、となりにすわるようにうながします。食器棚がひらき、ティーカップが浮かびあがってピピの手もとにおさまりました。

「オレンジティーだよ」

受け皿には、チョコレートに半分つかった輪ぎりのオレンジがそえられています。

ポットがゆきかい、ふたりのカップを満たしました。

「ありがとうございます」

甘く、すみきった香りが鼻をかけぬけ、頭の奥が洗われるかのようでした。チョコをかじると、カカオの香りが口いっぱいにひろがり、オレンジの甘味がふっくらと口のなかによみがえりました。

「さて」

エルンネは、書類に目を通しはじめました。その目は、真剣そのものです。


そのあいだ、ピピは夢の空間に見いっていました。

ひときわ目をひいたのは、ブリキでつくられた宇宙船でした。

何十人というサンタクロースが乗っていて、フレスコ画の空へめがけ、今にも飛びあがろうとしています。ピピは小さいころから、たったひとりのサンタクロースがどうやって世界中にプレゼントをとどけられるのか不思議に思っていましたが、その秘密がわかった気がしました。

エルンネはあっという間に書類を読み終え、

「ふう」

とちいさなため息をついたあと、老眼鏡をはずしました。

「うむ。確かに、記憶と記憶の帳簿があわなくなっているようだな」

「記憶と記憶のちょうぼ……？」

「ふむ。なにから話せばいいかな」

エルンネは、深い泉のような目でピピを見つめました。

「ピピ、お前は、あっちの世界からきたのだな」

ピピはうなずきました。

「お前の住んでいた世界とこっちの世界では、思い出がゆきかうことによって、均衡がたもたれている」

「きんこう?」

「バランスということだ」

シーソーのおもちゃが棚から浮かびあがり、ふたりの前におりてきました。

赤・青・緑にぬられた木製のシーソーで、両はしに重しがのるようになっています。

「お前から見て右が、もといたあっちの世界。左が今いるこっちの世界——としようか」

「はい」

ピピは、ふかふかのクッションにすわりなおしました。館長はシーソーの両はしに、ふたつずつ重しをのせました。

「あっちの世界の思い出は、こっちの世界にはこばれてくる。思い出というのは、かならずしも美しいものとはかぎらない。むしろ、傷ついた思い出のほうが多いのだ」

館長は、シーソーの右はじから、左のはじへと重しをひとつ、移動させました。

シーソーの左がわが、ゆっくりと下がります。

「傷ついた思い出は、こっちの世界で修理される。数日で終わることもあれば、何ヶ月も、ときには何年もかかることもある。ジサマや職人たちによって修復された思い出は、ふたたび、あっちの世界へと送られる」

館長は、重しをもとの場所に移動させました。

シーソーは、ふたたびバランスを取りもどしました。

「わたしは……おじいちゃんのくれた人形を直してほしくて、こっちの世界へきました。それも、傷ついてしまった思い出……ということなのでしょうか？」

「そうだね。ピピのように、持ち主がやってくることはめったにない。昔は、あっちの世界とこっちの世界の人々が自由に行き来していたんだが……」

「なぜ、こっちの世界に……あっちの世界の人たちがこなくなったのですか？」

「それは、お前のおじいさんのような人が少なくなったからだ。たとえば、あっちの世界でものがこわれたら、今はどうする？」

ピピの頭には、最新のゲームを手にして笑う、リナたちの姿が浮かびました。

「新しいものを、買うと思います」

「そうだね。新しいものを手にいれると、それまで大切にしていたものを忘れてしまう。そしてまた、次から次へと、新しいものがほしくなる」

「思い出も、同じだということなのでしょうか？」

「過去をふりかえることを忘れて、次々と新しいものに飛びつく。それをつづけているうちに、あっちの世界の人々は、こっちの世界の存在を忘れてしまうのさ」

「おじいちゃんは言っていました。過去を大事にできないものは、未来のことも考えられない……って」

「ふむ。カイザーらしい言いかただね」

「おじいちゃんを……知っているんですか？」

「もちろん。カイザーはすばらしい職人だった。よく、ここにもきてくれたよ。あっちの世界で使命をまっとうした思い出をたずさえてね」

エルンネは少し間をおいてから、ピピを気づかうような顔で聞きました。

「ズッキも知りたがっているようだが……カイザーは、どうして亡くなったんだい？」

ピピはうなだれました。

「おじいちゃんが亡くなったときのことを……おぼえていないんです」

「おぼえていないのではなく、思い出せないのかもしれないよ」

「え……？」

エルンネは立ちあがり、ゆっくりと書斎を見まわしました。

「ここにあるものはみな、かつては誰かのものだった。ひとつとして、使われなかったものはない」

エルンネは、たくさんのぬいぐるみがならんだ戸棚をひらくと、そのうちのぬいぐるみのひとつを取りだしました。

「たとえばこの子は、あっちの世界で、三歳の女の子のものだった」

それは、カワウソのぬいぐるみでした。

ところどころがすり切れ、あて布でぬいあわされています。

「悲しいことに、女の子は幼くして亡くなってしまった。でも、その思い出は、このまちの職人たちによって修復され――今ここにある」

「もとの世界に、送りかえさなかったのですか？」

「もちろん送ったさ。女の子の父と母は、それはそれはこの人形を大切にしていた。その両親もあっちの世界を去り、役目を終えたぬいぐるみがここに保管されているというわけだ。女の子が生まれたのは、ずっと昔の話さ。この博物館に保管されているものはみんな、思い出としての使命をまっとうしたものたちなのだよ」

ピピは、ぬいぐるみを手にとりました。

とても古いものです。茶色い目玉はプラスチックではなく、植物の樹脂でできているようでした。こまかな気泡が浮かんでいて、部屋の明かりを照りかえしてキラキラ光りました。

「それに……思い出は、かたちのあるものばかりとはかぎらないのだ。こっちの世界で職人たちが働くほど、あっちの世界の人々の心も豊かになる。あっちの世界の人々が思い出を大事にすれば、こっちの世界も活気づく。でも最近、そのバランスがくずれてしまっている……ということだね」

「なにが、原因なのですか？」

「わからない。だが、ズッキやジサマが困っていることは確かだな。まあ、あのふたりのことだから、たいして気にもとめないのだろうがね。きっとズッキはこう言うだろう……」

「色々ある……ですね」

「そう、色々ある」

館長はニッコリと笑いました。

「さて、遊んでばかりいると、ズッキとジサマになにを言われるかわからないからな。私はこれからその原因をさぐることにしよう。今日はここに泊まるといい。工場には、私から連絡をしておこう」


いつの間にか、ちいさなテーブルが用意されていました。

大きな椅子、中くらいの椅子、小さい椅子、そしてもうひとつ、ちょうどピピがすわりやすそうな大きさの椅子もならんでいます。

「さあ、好きなだけ食べるといい。ただしここの晩さんは、ちょっと変わってはいるがね」

「もしかして、遊びながら食べないといけないとか……？」

「まさか！　どこの世界に、おちつきなく食べていい食事があるものか。まあ、あっちの世界では、立ったまま食べるきみょうな習慣があるらしいが……」

館長は、パチンと指を鳴らしました。

「ワワワ！　ごはんの時間！」

ピピは目を丸くしました。じゅうたんにころがっていた子グマのぬいぐるみがピョコンと立ちあがり、テクテクと歩いてきて、いちばんちいさな椅子にすわったのです。

「アラアラ、ごはんの時間ね」

うず高くつまれたクッションのあいだから、中くらいの大きさのクマのぬいぐるみが顔を出し、中くらいの椅子にすわりました。

「オウオウ！　ごはんの時間だな！」

ぬいぐるみの山がバラバラとくずれたかと思うと、なかから大きなクマのぬいぐるみがのっそりとあらわれ、大きな椅子にすわりました。

ピピは声を出せず、立ちつくしていました。

エルンネが、ピピにウインクします。

「ここのスタッフだ。ミーシャに、メーシャに、ムーシャという。ミーシャ！　まだ食べたらだめだぞ！」

「わかってるよ！」

子グマがほっぺたをプーッとふくらませました。

「ほら！　早くすわって！　お腹ペコペコだよ」

小さな子グマが、ミーシャのようです。中くらいのクマが笑いかけました。

「はじめまして、ピピ。さっきから話は聞いていましたよ。道に迷って心細かったでしょうに。今日はここに泊まってゆっくりしてね」

「メーシャ、その前にまずは食事だ。ほら、ピピ、ミーシャの前にすわって！」

大きなクマが、部屋にひびきわたるような声で言いました。

中くらいのお母さんクマがメーシャ、大きなお父さんクマがムーシャという名のようでした。

「ほら、えんりょせずに！」

エルンネは、杖をつきながら、部屋の外へと出てゆきました。

三匹のクマが、目を輝かせながらピピを見つめています。

ピピは、ペコリと頭を下げ、ちょうどいい大きさの椅子にすわりました。

「わーい！　今日はにぎやかだね！」

ミーシャがスプーンとフォークを手に、ダンダンとテーブルを鳴らします。

「ほら、おちつきなさい、ミーシャ」

「だってだって！　ひさしぶりのお客さんなんだもん」

「ピピ。きてくれてうれしいわ。レディが朝食にくることはあっても、夕食をお客さまとかこむことはそうそうないもの、ね」

「ゆっくりしていくといい。朝まで夢のなかで遊べるからね」

「夢のなかで？」

「わーいわーい！　まずは、ごはんごはん！」

ミーシャがさけび、目をクリクリさせてウインクしました。

「じゃあ、ぼくが先にやってみるから、見ててね」

ミーシャは目を閉じ、頭をゆっくりと回転させながら、なにかをブツブツとつぶやきました。小さなお皿が、カタカタと音をたててふるえはじめました。お皿のまわりに風が巻きおこり、ミーシャのクルクルの毛をゆらしました。

空気がゆがんだかと思ったしゅんかん、お皿の上にジュウジュウと音をたてたピンク色の魚があらわれたのです。

「シャケのバターソース！」

ミーシャはさけびました。厚さ数センチはあろうかというシャケの上に、バターがたっぷりのっていて、黄金色の液体がお皿いっぱいにひろがりました。大きな焼きリンゴから立ちのぼる甘い香りが、ピピの鼻をくすぐりました。

「少しはお野菜も食べなさい！」

メーシャがピシャリと言うと、ミーシャのお皿に、ゆでたブロッコリーがまるで木が生えてくるようにあらわれました。

「えー、せっかくのごちそうなのに！」

ミーシャがふくれました。

「さあ、次はわたしの番よ」

メーシャが目を閉じてつぶやきます。

ブワワ、と、メーシャのお皿に山盛りのサラダがあらわれました。

「ダイエット中なの」

レタスにケール、クレソンやチコリの上に、トマトやドライフルーツ、ナッツがちりばめられています。まるで、植物園で鳥たちがさえずっているかのようです。

「また、夜中にケーキを食べたくなるんじゃないか？」

「よけいなお世話ですよ、お父さん！」

ムーシャはガッハッハと笑うと、目を閉じて全身に力をこめました。

ボンッ！と大きな音がひびき、お皿にあらわれたのは、鉄板の上でバチバチと音をたてる肉のかたまりでした。

ムーシャは、鉄板の上で花火のような音をたてている肉汁をスプーンですくい、

「ううむ、最高」

と、こうこつの表情を浮かべました。

「さあ、次はピピの番だよ」

ミーシャがテーブルへ身をのりだします。

「えっと……どうすればいいんでしょうか？」

「思い出せばいいんだよ。頭のなかで、これまで食べたもののなかで一番おいしかったものを思い浮かべるんだ！」

今まで一番おいしかったもの……数えればきりがありません。

運動会でパパとママと一緒に食べたお弁当は忘れられませんし、誕生日やクリスマスのときだけ食べられるバウムクーヘンも大好物でした。そして、ミスのシフォンケーキも……。

目を閉じると、まぶたの裏に、カールレオンの城あとから見おろした夕日が浮かびました。お皿がカタカタとゆれる音がして、鼻先に竜巻のような風を感じ、ピピは目をひらきました。

お皿には、サンドイッチがのっていました。

「サンドイッチ？　もっと特別なものにすればよかったのに」

身をのりだしたミーシャを、メーシャがたしなめます。

「おいしそうじゃない。きっとこれが、ピピにとってのごちそうなのよ」

「さて。では、いただくとするか！」

「うん、いただきま〜す！」

「いただきましょう」

三匹のクマは、各々のごちそうにありつきはじめました。

ピピは、お皿の上のサンドイッチを見つめました。

想いはふたたび、カールレオンへと飛んでゆきます。

夕日が地平線のむこうへとしずみかけ、低い雲が、蜃気楼のようにゆらめいています。広場の時計台が、夕日を照りかえして輝いています。

ピピは、おじいちゃんと一緒に、はじめて自分の足で城あとへとのぼったときのことを思い出していました。

紙袋からおじいちゃんが取り出したのは、カールレオンで古くから食べられてきたライ麦のパンでした。生地がみっしりとつまったパンをぶ厚く切り分け、クリームチーズをおしげもなくぬります。たっぷりのレタスと、何種類ものハムとソーセージのスライスをのせ、お酢と塩で味つけした、シンプルなサンドイッチです。

おじいちゃんは、ピピの小さい口でも食べやすいように両手でギュッとつぶし、ナプキンで包んで手わたしてくれました。

大きく口をひらいて、かぶりつきました。

歯の先に、みずみずしいレタスの感触を感じます。肉の旨みといぶした木の香りがあふれ出て、鼻の奥へと吸いこまれてゆきました。ライ麦の香ばしい香りがチーズとまざりあい、舌だけではなく、歯ぐきにも味を感じるようでした。

のどが、ぐうぐうと音をたてました。ピピは自分が今、こっちの世界にいるのか、あっちの世界にいるのか、おじいちゃんがまだ生きている思い出の世界にいるのか、わからなくなりました。

そして、ある場面が、突然よみがえったのです。

それは、おじいちゃんの工房から、家へとむかって歩いている記憶でした。

時間は、夜です。

ピピは、おじいちゃんの手をにぎりしめています。

ランドセルのなかで、フリッツがカタカタと音をたてました。

おじいちゃんは、時計台広場で足を止め、ピピの肩にストールをかけると、時計台を見あげました。


「ここで、待っていておくれ。私には、やらなければならないことがある」


記憶は、そこでとぎれていました。

ピピの目から、涙がポロポロと流れていました。

顔をあげると、三匹のクマたちが、ほほえみながらピピを見ています。

ピピは涙をぬぐい、笑いました。

「おいしいです」


その夜ピピは、三匹のクマの腕のなかで眠りました。

あたたかくて、やわらかいその腕のなかで、ミーシャと遊ぶ夢を見たのです。

夢のなかでピピは、サンタクロースの宇宙船に乗って、世界中を旅しました。

東方の国で、甲冑を身にまとって王子さまを守るために戦ったり、灼熱の砂漠をラクダに乗ってかけぬけたりしました。

ミーシャは子グマなのに、あらゆることを知っていました。

「だって毎晩、こうやって世界中を旅しているんだもん」

「ひとりでさびしくないの？」

「ムーシャもメーシャも」

ミーシャは、両親のことをパパとママとは言わず、名前で呼びました。

「旅はひとりでするものだって、言うんだ。それに、旅先で色んな友だちに会えるからね。朝おきると、みんな消えちゃうけど……。だからピピ、君とこうやって一緒に旅できるのは最高に楽しいよ！」

ミーシャは、大きな翼をもつワシの上にまたがって笑いました。

これから深い峡谷をぬけて、夢の世界でもっとも大きな滝のなかを飛ぶのです。

「ピピ」

「なに？」

ピピは、もう一羽のワシの背にまたがりました。

「ピピはどうして、こっちの世界にきたの？」

「おじいちゃんがくれた、ロボットの人形を直したくて」

「パパとママは？」

「わたしのこと、心配しているかもしれない。でも、ズッキさんが、あっちの世界とこっちの世界では、ときがちがう……って、言ってたから」

「うん。どうして、ロボットはこわれちゃったの？」

「こわされちゃったの」

「誰に？」

「リナに……」

「リナって？」

「クラスメイト。みんな、わたしのことがきらいなの」

「ふ〜ん」

ミーシャは、なにごともないような顔をして、ワシの背をなでています。

「なんでみんなは、ピピに意地悪をするのかな」

「わからない」

「ピピは、どう思うの？」

「どうしようもないよ。わたし、みんなとちがって、変だし。ずっとひとりだったから……」

「ピピは、ロボットを直したら、どうするの？」

「それは……」

それは、ピピがずっと考えていたことでした。

ピピはまだ、十歳です。パパとママにも会いたかったし、いつまでも、こっちの世界にいられるわけではない……ということはわかっていました。

でも今は、こっちの世界にいる自分のほうが、本当の自分のように思えるのです。このままアシトカ工作所で職人になりたい――それが、ここにきてからピピがずっと考えていたことでした。

そんなピピの気持ちを読みとったかのように、ミーシャは言いました。

「ピピ。あっちの世界よりも、こっちの世界のほうがいい……って思ってる？」

ピピはしばらくだまったあと、つぶやきました。

「前から不思議に思っていたの」

「なにを？」

「おきているときに目を閉じても、なにも見えない。でも、目を閉じて寝ているときにはその世界がハッキリと見えて、光や風を感じることができるってこと。こわい夢とか、いやな夢が多かったけど……でも、その夢はぜんぶ現実みたいで、すごい。でも、いつかは、現実にもどらなきゃならないんだよね……」

ミーシャは、ワシの頭をなでました。

「それはちがうな。どっちの世界も、ちゃんとあるんだよ」

「え……？」

ミーシャは、しごく当然のことだ――という顔で、ピピを見つめていましたが、

「よし、いくよ！」

とさけんだかと思うと、ワシにしがみついて峡谷へと舞いおり、あっという間にひとつの点になったかと思うと、乳白色の霧のなかへ消えました。

「わぁ」

ピピを乗せたワシがふりかえり、吸いこまれるような目でピピを見ています。

「こわがることはない」

と言っているようでした。

ピピは鼓動が高なるのを感じながら、ワシの羽をなでました。

目を閉じて両足に力をいれます。その力に呼応するかのようにワシの胴がふくらみ、いっしゅん無重力状態になったかと思うと、今度は力強い抵抗が腰をおそい、はげしい衝撃が全身をつらぬきました。


目をひらくと、目の前には、真っ青な空がひろがっていました。

眼下でミーシャが渓谷をゆっくりと滑空しながら手をふっています。

ピピは少しずつ高度を下げ、声をしぼりだしました。

「すごい！　ミーシャ、すごいよ！」

「あはは！　うまいよピピ！　ついてきて！」

二羽のワシはピタッとならび、切り立った谷のあいだをぬけてゆきます。

ミーシャを乗せたワシが、体をななめにし、ピピのワシと羽がぶつからないように近づいてきました。

「ぼくたちが、こうだと決めつけている世界なんてものは、存在しない。ピピのいた世界も、こっちの世界も、すべて存在するんだ」

ピピは、昨晩のことを思い出しました。サンドイッチを口にしたとき、ピピはたしかにカールレオンの城あとにいて、おじいちゃんの存在を感じていたことを……。

「わかった！　夢は夢で、現実は現実、ということじゃないってことだね！」

「そういうこと！」

ミーシャはちいさな親指を立て、ピピからはなれました。

「ピピ！　びっくりすると思うんだけど、いいかな」

「なに？」

「外にいるとき、そのまま家に帰れたらいいって思うこと、ない？」

「ある！　授業中に眠くなったとき、このまま家のベッドだったらいいのに……って思う」

「それがさぁ」

そう言って、ミーシャはニヤッと笑いました。

「本当なんだよ……な！」

突然、ワシがピタッと止まりました。

見まわすと、眼下の森も、風も雲も、その場に静止していました。

声をあげようとした瞬間、すべてが消えさり、ピピは下へ下へと落ちてゆきました。


目覚めると、そこはベッドの上でした。

硬直していた体から力をぬき、おきあがりました。

トッコが、となりのベッドで寝息を立てています。

すべては、夢だったのでしょうか？

パタン――と音がしました。枕もとに、ズッ記がおかれています。

ひらくと、左のページに、こう記されていました。


だいぶ時間がかかったようだが、おつかい、おつかれさま。

エルンネから、たのしい時間をすごした、という連絡があったよ。遊んでばかりいないで、ちゃんと仕事してほしいものだが……。

ともあれ、ありがとう。明日からまた、よろしく。

ズッキより

第十章

新カールレオンカイカク

ピピがミーシャとともに夢の世界を旅して工場へもどったころ。

カールレオンの市長室では、ムラーノ市長とピピのパパが、黒いエージェントたちとむかいあっていました。

「いやはや、見事だ。新カイカクプランは、順調に進行している」

「なによりです、市長。これもすべて、市長とシュミットさん、職員のみなさまのたゆまぬカイカク努力ゆえです」

スクリーンには、メモリーチェーン社が提供した、さまざまなメディアやサービスが、ハチの巣状に表示されています。


日誌や写真、動画など、つかの間の思い出を瞬時に保管できるサービス。

他人よりも、自分がよりよく見えるアプリ。

物語のない、今この瞬間だけを楽しむためにつくられたゲーム。

もっともらしい名称がついていますが、いずれも、人々の思い出を保管することをうたい、今ここだけの楽しみを提供し、過去のことも、未来のことも考えさせないという点では同じでした。

まちの人々は、スマートフォンとにらめっこしながら暮らすようになってゆきました。日々生み出されるぼうだいなデータをアップロードして保管することで安心し、次から次へと、新しい刺激を追い求めるようになっていたのです。

メモリーチェーン社が、市から提供された個人情報をもとに、生活のすべてを支配しはじめたことに気づかずに……。

市長は、満足げにうなずきました。

「しかし……これまでの仕事を変えるのではなく、新たな仕事を生み出すことによって、古い仕事の価値を忘れさせることが可能になるとは……」

「人間はいつも、不安な生き物です。仕事がうばわれると言われたら、反対する。テクノロジーによって新たな仕事が生まれる——と言いかえるだけで、不安が希望へと変わるのです」

「人間が機械に使われるのではなく、機械が人間を使う状況をつくればいい、ということか」

「多くの仕事は、もともと無意味なものでした。意味のないことに意味をあたえるのが、新たな時代の仕事のありかたなのです」

「ビジネスセミナーやパソコン教室、語学スクールに株式投資と、市民のカイカクにむかう意欲は高まるばかりだ」

「娘さんも、特別進学コースへ転入なされたとか」

「リナにも、新たな時代を生きぬく力を身につけさせなければならないからな……」

「市への投資も順調に集まっております。開発は過去最大規模になるかと……そこに雇用が生まれ、まちは活性化します」

「そのあいだに、博物館や記念館を休館させ、公式記録を書きかえてしまう……とは」

「人の記憶などあいまいなものです。人は、目の前にある現実よりも、情報として記録されたもののほうが真実だと信じてうたがわない」

「うむ、財政危機と人員削減を理由にすれば、反対する者はごくわずかだ。かつてこのまちでなにがつくられ、どう暮らしてきたかに関心をもつ者はもう、いない……」

「はい……過去の思い出を忘れさせ、今この瞬間のことだけを考えさせれば、このまちの未来は市長、あなたの思うがままなのです」

「それに……おどろいたのは、これだよ」

市長がスマートフォンをタップして起動したのは、カールレオンの地図の上に、魔法使いの格好をしたキャラクターが立っているゲームアプリでした。

「このゲームが、これほどまでにヒットするとは……」

それは、メモリーチェーン社がつくった「クリーンウィッチ」というゲームでした。

このゲームの目的は、プレイヤーが魔法使い（ウィッチ）となってスマートフォンを手にまちを歩きながら、世界を浄化する（クリーンにする）ことでした。

まちを歩きながら古い建物や施設をおとずれ、それらを残すべきか、こわすべきかを投票によって評価してゆくのです。より広い範囲を歩き、投票すればするほどレベルがあがり、レアアイテムが手に入ります。

「クリーンウィッチ」はまたたく間に、「楽しみながらまちをクリーンにする次世代のサービス」として、世界中にひろがっていったのです。


市長は、ときの止まった時計台へむけてスマートフォンをかざしました。

時計台解体への賛成票が、急速に増加しています。

「反対派にはばまれ、手をつけることのできなかった時計台も……」

「はい……投票が一定数に達すれば、反対派の声はかき消えます。それが、世論というものです」

「うむ」

「市長、カールレオンの象徴である時計台の解体をきっかけにして、旧市街のスマートシティ化を進めましょう。もはや人々が過去にしばられることはない。カールレオンの未来は、あなたがつくりあげるのです」

市長の頭に、父と時計台を見あげた幼いころの記憶がまたたきました。

しかしこれが、市民の選択なのです。古い時計台は時刻にあわせて広告が表示されるデジタル時計台に生まれかわり、カールレオンのシンボルとなる予定でした。スポンサーも内定し、その膨大な投資が財政をうるおすことになります。

市長のもとには、新時代のカイカク者に学ぼうと、各地から取材や見学の依頼が殺到するようになっていました。

「市長」

真ん中の男が、細くまっすぐな口をひらきました。

「今日は、ひとつおねがいがあるのですが……」

「なにかね？」

「ある場所を……見つけるために、ご協力いただきたいのです」

「ある場所……とは？」

「このまちのどこかに、私たちが探している場所があるのです。その場所を見つけることに、ご協力を……」

「たやすいことだ。シュミット君、たのんだぞ」

「もちろん。カイカクに必要であれば、よろこんで協力いたします」

黒いエージェントたちは、四角い顔にうっすらと笑みを浮かべました。

ある晩おそく、ピピがズッ記をひらくと、こんな返事が記されていました。

今日は午前中、仕分け部屋での仕事はしなくていいので、ジサマの部屋にきてください。よろしく。

ズッキより

ピピは最近、ズッキが夜中の何時ごろに返事をくれるのかがわかるようになってきました。ふと目をさまし、しばらくズッ記を見つめていると、パラパラとページがめくられ、右肩あがりの字が浮かびあがるのです。

今日は、ページの片すみに、タバコの焦げあとがついていました。

胸がザワザワしました。

ジサマには、職人部屋や食堂で何度も会っていましたが、部屋へいくのは、この工場へきた日以来のことなのです。

✿

作業着に着がえ、倉庫へとむかいました。

朝早くからたくさんの荷がとどいているようですが、いつもと様子がちがいます。

ロノが、次々とはこばれてくる荷物の整理に追われていました。

「ロノさん」

「あ、ピピ、おはよう。あ、ちょっと待って、順番にはこびこまないとつかえちゃうからね！　ちょっと待ってってたら！」

ロノは、とてもいらだっているようでした。

「すみません、ロノさん。ズッキさんに呼ばれて、午前中の仕事を――」

「ハイハイ、もちろん大丈夫。いってきてください」

トラックの運転手たちが、うんざりした顔で話しています。

「また返品だってよ」

「しかし……多すぎねえか」

「せつねえよなぁ。せっかく直したもん、受けとり拒否だってさ」

「俺たちはまだいいけどさ。あっちの世界は大変だってよ。配送に配送がかさなって、寝ても覚めてもハンドルにぎってるって」

なにかが、こっちの世界とあっちの世界でおきているようです。エルンネ館長が語っていたことと、関係があるのでしょうか。

ピピは、ホールへとむかいました。

ロノのアシスタントが、伝令管を使ってどこかに連絡をしています。

ミヤという名の、ネズミそっくりの顔をしたスタッフです。

「倉庫から二十箱、地下にはこべるかしら？」

『いやいや、昨日はこんだのそのまま、ぜんぜん整理できていませんよ！』

「でも、今日のうちに倉庫がいっぱいになってしまうかもしれないの」

『う〜ん、困ったな。ちょっと急げないか相談します！』

エレベーターに乗りこみ、五階を押そうとすると、ミヤが扉をすりぬけるように飛びこんできました。

「あら、ピピ！　ごめんね。ちょっと急いでいて、先に下へいってもいいかな？」

「あ、はい。もちろん」

ミヤは、地下階のボタンを押しました。

「ああ、困ったなぁ。こんなことはじめて！」

ミヤはそわそわと、書類に数字を書きこんでいます。

書類には、『返品リスト』と記されていました。国名や都市名、住所の横に、品名と持ち主の名前がならんでいます。エレベーターが地下で止まり、扉がひらきました。

「ごめんね、ピピ！」

ミヤは、ころげるように走ってゆきました。

地下階はうす暗く、レンガづくりの壁がつづいていました。エレベーターの扉が閉じると、つめたい、カビと木くずのにおいが残されました。

ピピは五階へのボタンを押しました。一階につくとエレベーターは止まり、扉がひらいて、トッコが仲間と一緒に乗ってきました。

「あ」

気まずい空気が流れました。

トッコはボタンを見ると、ピピに背をむけたままつぶやきました。

「ジサマのところへいくのか？」

「うん……ズッキさんに呼ばれていて」

トッコは大きなため息をついたあと、おおげさな口調で言いはなちました。

「いいよな、カイザー・シュミットの孫はさ！」

胸の奥が、キュッと苦しくなりました。

二階の扉がひらき、トッコはピピをふりかえりもせずに、職人部屋へと入ってゆきました。ピピは涙があふれそうになるのをこらえ、扉が閉じるのを待ちました。

ジサマの部屋へとつづく廊下を歩きはじめます。

壁には、はじめてこの廊下を歩んだときに見た絵のほかに、設計図や写真、水彩画などがならんでいることに気づきました。

ちいさな写真に目がとまりました。

色あせた正方形の写真には、三人の男性が写っていました。年齢は二十代後半でしょうか。背が高く、生真面目そうな男性の横で、コートのポケットに手をいれて立っているまゆ毛の太い男性は、ジサマのようです。

そして、ジサマのとなりにいるのは――、

「おじいちゃん……？」


おじいちゃんは、むかしジサマと一緒に働いていたのかな……。

もうひとりの背の高い男の人は、誰なんだろう？


ピピはしばらく写真を見つめたあと、ジサマの部屋の扉をノックしました。

「はいはい、入って」

ジサマの声です。

「失礼します」

ソファーに、ズッキとジサマが腰かけていました。

「はやくすわって」

ズッキがせかしました。ジサマがパイプに火をつけ、大きく吸いこみました。大きな鼻と口、そして耳からもけむりがはきだされます。

「失礼します」

ピピはバッグからズッ記を取り出し、椅子に腰かけました。

顔をあげると、ジサマがピピを見つめていました。いっしゅん目をそらしそうになりましたが、我慢してジサマの目を見つづけました。ジサマはパカッと笑い、ブハァとけむりをはきました。

「ピピ、明日からこの部屋で働いてもらいます」

「え……」

ピピは立ちあがりました。

「わ、わたし……い、今の仕事もちゃんとできていませんし、トッコさんや職人のみなさんを飛びこえて、ここで働くわけには……」

ジサマは目を丸くしたあと、ガッハッハと笑いました。

ズッキがピピをジロッとにらみます。

「よけいなことを考えなくていいの！」

「でも……わたしはまだ、みなさんのお役に立てるような存在ではありません」

「役に立つ？　ピピ、お前は自分が役に立つ人間だと思っているのか？」

「いえ、今はまだまだ、ですが、いつかは……」

ズッキは身をのりだし、ピピの顔をのぞきこみました。

「人の役に立てる……と思っている時点で大きなまちがいだ。いいからだまって、明日からここでジサマの手伝いをすること！」

ジサマがパカッと笑いました。

「ズッキの言うとおり、ピピの助けが必要なわけじゃない。それはほかの職人たちでも同じことです。ぜんぶ、自分でやったほうが早いからね」

「だからジサマは、あとが育たないんですよ」

「よけいなお世話です！　それは、ズッキだって同じことでしょう。すぐ、クビにしちゃうんだから」

「クビにしたことなんてありませんよ！　ぼくは水場にはつれていきますけどね。飲むか飲まないかは、本人しだいということです」

ジサマは、

「またヘリクツを！」

とさけんだあと、真面目な顔でピピにむきなおりました。

「明日から、朝食をとったらこの部屋にきてください」

「え……」

ズッキも立ちあがります。

「たのんだぞ、ピピ」

ピピは背筋をのばして立ち、ペコリと頭を下げました。

「はい、よろしくおねがいします」

ピピがジサマの部屋で働くことになったといううわさは、またたくまにひろがりました。ピピは、みんなの視線が自分に集まっていることを感じていました。

お昼は、豆のコロッケを、野菜とゴマペーストと一緒にはさんだファラフェルピタでした。ピピは二口ほど食べてお皿にもどし、昼休みが終わるのを待っていました。仕事部屋にもどれば、休憩している職人たちの注目をあびるだけだったからです。

「あら、うかない顔ね、おチビさん」

顔をあげると、ミスが立っていました。

「ちょっといいかな」

ミスはテーブルをはさんですわり、ほおづえをついてピピの目を見ました。深い泉のような瞳に吸いこまれそうになり、ピピはドギマギして、目をふせました。

「色々……あるみたいね」

ミスは、ズッキのまねをするように言いました。

「はい……すみません」

「なんであやまるのよ。ジサマの部屋で働くことになったんでしょ？　よかったじゃない」

「はい、でも、わたしなんかが……」

「自分なんかがジサマの下で働いて、失敗して、みんなを失望させるのがつらいって、わけね」

「そういうわけでは……」

「じゃあ、どういうわけよ」

「えっと……」

ミスの言うとおり、ピピの頭のなかをしめていたのは、先走る不安と心配ばかりでした。うまくできなくて、足手まといになったらどうしよう。ズッキとジサマを失望させてしまうのではないか。みんなの笑いものになるのではないか……。

「ジサマのところで働きたかった。で、そのチャンスがきた。それでいいじゃない」

「はい……」

自分がどうしたかったのかは、まったく頭にありませんでした。一日も早くジサマの下で腕をみがき、フリッツをもとの姿にしたいと考えていたのに……。

「ミス……ひとつ聞いてもいいでしょうか？」

「なぁに？」

「わたしがもといた世界とこっちの世界で、なにかおきているのでしょうか？」

「返品が増えていることは、知っているよね」

「はい」

「このまま返品がつづいたら、工場がたちゆかなくなってしまうかもしれないの」

「そんなときに……わたしがジサマの部屋で働いていていいんでしょうか？」

ミスはキョトンとしたあと、はじけるように笑いました。

「まったく、自意識過剰なんだから。よけいなこと考えなくていいの！」

「すみません……ズッキさんにも同じことを……」

ミスは真顔にもどってピピの目を見つめました。

「ピピ、おじいさんが亡くなったときのことは、まだ思い出せない？」

「はい……思い出そうとすると頭が痛くなって……」

「そりゃあ、本当につらいことがあったときは、そうなることもあるよね」

「忘れてしまう……って、いいことなんでしょうか？」

「そのときはね。でも、ずっと忘れたままでいることはむずかしい。だって、生きていたら、つらいこと、いやなことはいっぱいあるでしょう？　大事なのは、それをのりこえて、美しい思い出に変えることだと思うの。つらいことを避けてばかりいたら、なにかに挑戦したり、失敗することからも逃げてしまうようになる。やってみないとわからないし、やってみてわかることのほうが多いじゃない？」

今の自分がそうだ――とピピは思いました。

「ほら、ちゃんとぜんぶ食べなさい。せっかくつくったんだから」

「あ、はい。すみません、とても……おいしいです」

「あやまらなくていいの！」

ミスは、ピピのおでこをつつきました。

「チャンスがむこうからやってきたら、前髪をつかまなきゃダメ。チャンスにうしろ髪はないからね。それに……」

ミスは立ちあがって両手を腰にあてました。

「仕事のコツを教えてあげる」

「はい」

「自分が求めることを考えるより、求められることに集中したほうが……」

ピピはごくりとつばを飲みこみました。

「出世するのよ」

ミスはウインクをし、さっそうと歩いてゆきました。

お腹の下のほうに、力がわいてくるのを感じました。顔をあげると、職人たちが遠まきにピピを見ていました。

でも、その視線はもう、気になりませんでした。

今、大事なことはなにか。

それは、ジサマのもとで求められることをやること。

ピピは涙があふれそうになるのをこらえながら、ピタパンをほおばりました。

第二部

修業と試練と世界の危機

第十一章

くもりなき眼で見るということ

ピピのママは、ブルルと背筋をふるわせました。

玄関に、パパと真っ黒なスーツを着た男が三人、立っていました。

こまかい雪が降っています。まちはひっそりとしずまりかえり、道路は白いじゅうたんがしきつめられたようでした。

真ん中に立つ男は、

「夜分もうしわけありません。シュミットさん」

と、よくようのない声で言ったあと、ママのほうを見て、

「奥さま、お目にかかれて光栄です」

と頭を下げました。

ママは、不安げにパパを見ました。

「急にごめん。メモリーチェーン社のエージェントさんだよ。カイカクが順調に進行しているのは、みなさんの協力あってのことなんだ」

「とんでもありません。市長は、シュミットさんのカイカクにかける情熱を高く評価

しておられました。奥さまにおかれましては、職人組合への根まわしに、重要な役割をはたされたとうかがっております」

「父が昔、組合をたばねておりまして、それで」

「そう、そこです」

「なんでしょう？」

「お父上……カイザー・シュミット氏は、亡くなられたとか……」

「はい……」

「心よりおくやみをもうしあげます」

エージェントたちは深く頭を下げ、その姿勢のまま、ピタリと止まりました。

「まあまあ、ここではなんですから、どうぞなかへ……」

男たちは、まったく同じ動きで体をおこし、

「それでは、お言葉に甘えて。失礼いたします」

と、玄関へと足をふみいれました。

「すみません。娘が上で寝ておりまして」

「娘さんが？」

「はい。おじいちゃんっ子でして、父……娘にとっての祖父ということになりますが……亡くなってから、すっかりふさぎこんでしまいまして」

「娘さんのお名前は？」

「ピピといいます」

男はしばらく二階を見あげたあと、ママにむきなおりました。

「お父さまは、すばらしい職人だったそうですね」

「昔の話です。もう、引退してずいぶんたっていたのですが、たのまれ仕事をつづけておりまして。ずっと工房で、古いモノの修理をしておりました」

左右の男が、四角い顔を見あわせました。

「工房」

「はい、旧市街にありまして、四六時中こもって、トンカンやっておりました」

真ん中の男は、ママをじっと見すえました。

「あの……どうかなさいましたか？」

「ぜひ、お父上の工房を、見せていただきたい」

黒いエージェントたちは、三人まったく同じ顔で笑いました。

ピピはベッドに腰かけ、ブーツのひもをかたくむすびました。

昨晩は寝つけず、明け方、うつらうつらしただけで朝をむかえました。

ズッ記には、こんな返事が記されていました。


今日からジサマのところだね。

必要とされていること、できることをひとつひとつやるだけでいい。

今、ピピにとって重要なのは、なにも知らないということ。くもりなき眼で世界を見ること。そこからしか、大切なことは見えてこないよ。

では、よろしく〜。

ズッキより

ひと晩たって、気持ちが整理されていました。

ジサマに必要とされることをやる。今の自分には、それしかできないのです。

寝室を出て朝食をとり、ホールへとむかいました。

エレベーター前には、朝食を終えた職人たちが集まってきていました。

エレベーターにすべりこみ、二階で職人たちがおりたあと、五階へむかいました。

ジサマの部屋からは、パイプのけむりがもれていました。

「失礼します」

返事はありません。

「ピピです。よろしくおねがいします」

やはり返事はありません。部屋に足をふみいれ、けむりのなかで目をこらしました。

ジサマは、ソファーで横になっているようでした。テーブルには、大きなマグカップと、ピピが飲むのにちょうどよさそうなカップがおかれていました。

ジサマはメガネをはずして胸におき、ソファーに身をあずけて寝息を立てていました。

ピピはバッグを椅子にかけ、ズッ記と鉛筆を取りだしてテーブルにおいたあと、部屋を見まわしました。

作業机のまわりには、数えきれないほどの道具と部品がうず高くつまれています。壁には設計図がピンどめされていて、天井から下がったグライダーは、パイプのけむりの雲海を飛んでいるようでした。

「うが」

寝息がとぎれ、ジサマが奇妙な声を発しました。

「うがが」

ジサマはうっすらと目をひらき、ピピに気づいて、

「おお」

とうめきながら起きあがり、目をパチパチさせてから、

「ん？　今、どっちにいるんだ？」

と、言いました。

答えられずにだまっていると、ジサマは、

「あ、こっちか。ああ、そうかそうか」

と目をゴシゴシこすってスケッチブックをテーブルにおき、メガネをかけて、ピピのほうをむきました。

「五歳のころにもどっていた」

ジサマは、あたりまえのことのようにつぶやくと、まつげの長い大きな目をクルクルさせました。

「寝ているか、起きているかわからないとき、五歳のころにもどることがあるでしょ。そこをつかまえるんです。パッとね」

五歳のころのこと……おぼえているような気もしますが、はっきりと像をむすびません。

「おはようございます。今日から、よろしくおねがいします」

「はいはい。まあ、すわって」

そう言ってジサマはおきあがり、パイプに火をつけ、プハァとけむりをはきだしました。顔ぜんたいがけむりにつつまれます。

「さあ、飲んで飲んで」

「ありがとうございます」

ほのかにリンゴの香りのするお茶でした。

「昨日のズッキの話ね」

「はい」

「エルンネの伝言も聞きました。あっちとこっちのバランスがくずれている。まあ、みな困ってますね。困っていてもしょうがないんですが……でも、なんとかするしかないですね」

「エルンネさんは、あっちの世界の人たちが、思い出を忘れてしまっているから……と言っていました」

ジサマはフン、と鼻をならし、

「くだらない！」

とさけびました。

「忘れるとか忘れないとかね、そういうことじゃないんですよ。大事なのはいま、なにをすべきか……ということです」

ジサマは少し上目づかいになって、ピピを見ました。

「ところで、カイザーのことなんですが……」

「おじいちゃん……ですか？」

「なにか、思い出しましたか？」

「えっと」

「カイザーが最後に手がけていた仕事です」

「ごめんなさい……思い出せません」

「カイザーが亡くなったとき、近くにいたということも？」

「はい……」

ジサマはしばらくだまっていましたが、

「ふむ。まあいいです。カイザーの残した、あれね」

と、ピピのうしろを指さしました。

「あ……」

ピピは小さく声をあげました。フリッツが、作業台の上に寝かされています。

ピピは、作業台にかけよりました。

「かなり部品が足りなくなっています。色々、はじめからつくらなければならない」

ジサマは、ピピのうしろに立ちました。

「今日からここで、ぼくの手伝いをしてもらいますが……夕食を食べたら、またここにもどってきてください」

「はい」

「寝る前の一時間、フリッツを修理する方法を教えます」

心臓が、どくりと脈うちました。

「もっと時間をかけたかったのですが、ちょっと急がなければならなくなりましてね。それに、ここにいれば、カイザーが最後になにを残そうとしていたのか、思い出せるかもしれない」

「おじいちゃんが……？」

ジサマはうなずき、ピピの目を見すえました。

「できないと思うのであれば、この話は終わりです」

もう、迷いはありませんでした。

「やらせてください。よろしくおねがいします」

ジサマはけむりをはきだし、パカッと笑いました。

⚙

おもちゃ博物館では、エルンネ館長とレディが、ちいさな映画館の椅子にならんですわっていました。

ふたりとも、五歳くらいのかわいらしい子どもの姿をしています。映写機のカタカタという音とともに、ふたりの頭の上を、七色の光の束がかすめています。

スクリーンに、カールレオンの今が投影されていました。

それは、日々あくせくと働き、疲れはてて一日を終え、よかったことも、悪かったことも忘れて、ただその日を生きる人々の姿でした。

レディが、ため息をつきました。

「カイカクが進んでからのほうが、みんな……元気ないみたい」

エルンネが、椅子の手すりにほおづえをつきました。

「カイカクによって生活や時間が管理され、次から次へと流れてくる情報や広告に追いたてられている。今や、身のまわりにあふれるものすべてが、今この瞬間を消費するための情報でいっぱいだ。だから、思い出をちゃんと修理して、美しい記憶に変える時間がないんだよ」

「それに……みんな不安そうな顔してる」

「やるべきことがあって、求められる場所があってはじめて、人は安心して生きることができる。先のこともわからないのに、カイカクだ、ヘンカクだとさけばれたら、みんな不安になってしまうよ」

「うん」

「現状を変えるとさけぶのは簡単だ。大切なことは、過去をふりかえりながら、未来を見つめることなのにね……」

「どうなっちゃうの？　これから」

「あっちの世界の人たちが、思い出を忘れてしまっている……ということは、こっちの世界は必要なくなる……ということになるね」

「どういうこと？」

　館長はさびしげな顔をして、つぶやきました。

「消えてしまうんだ」

「どうして？」

「こっちの世界は、あっちの世界の思い出によってなりたっている。あっちの世界の人たちが思い出を大切にしなくなったら、こっちの世界は存在できなくなる」

「そんな……あっちの世界の勝手で、私たちが消えちゃうなんて、そんなの、おかしいじゃない！」

「でも……そうなんだ」

「なぜ、こんなことになっちゃったの？」

「もともと、その予兆はあった。でも……あの男たちがカールレオンにやってきてから、すべてがはじまったんだ」

「男たちって？」

「黒いエージェントたちだ。彼らがばらまいたサービスによって、みんな、思い出とむきあわなくなり、他人と自分とをくらべて一喜一憂し、かりそめの幸せを求めるようになってしまった」

「幸せなんて、人それぞれじゃないの？」

「うん。でも、人とくらべると、そのことが見えなくなる。相手をおとしめることで、自分が幸せだと思いこもうとする人が増えているんだ」

「彼らは、何者なの？」

「あっちの世界の人々から思い出をうばい、こっちの世界をなきものにしようとしている者たち――彼らがあらわれたのは、今回がはじめてじゃない」

「いつからなの？」

「人々が過去をかえりみなくなったとき、彼らはあらわれるんだ」

「彼らは、なにをしようとしているの？」

「人々の思い出をうばい、きそわせて思いどおりに動かし、自分たちの利益をむさぼっている。市長に取りいって、カールレオンの象徴である時計台を解体し、旧市街をつくりかえようとしはじめた。それだけじゃない。どうやら彼らは、こっちの世界への道を探しているようだね……」

「どうして？」

「それを今、ズッキが調べているはずだ。カイザーが最後に直していたものがなんだったかわかれば……」

「ピピのおじいちゃんが直していたもの？」

「うん。カイザーは生前、ズッキとジサマに言い残していたらしい」

「なんて？」

「あるものを直せば、ふたつの世界を守れるかもしれない……と」


スクリーンの映像が切り替わりました。

リナたちが、学習塾でタブレット端末にむかっています。真っ黒なスーツを着た講師の背後の電子黒板に、数式がビッシリと並んだ画像が映し出されていました。

「さあ、できたものから手をあげなさい」

講師のつめたい声が、教室にひびきわたりました。

「いま頑張れば、将来つらい思いをしなくてすむのです」

リナが手をあげました。

「先生、できました」

スクリーンに数式が表示されたあと、点数が表示されました。

「リナ・ムラーノさん」

点数が棒グラフに変わり、リナの成績順位が表示されます。

「カールレオンでの君の成績は、一番だ。しかし……」

最上位だったリナのグラフの右に、さらに高いグラフが坂をかけあがるように表示されます。

「全国レベルでは、まだまだですね……」

リナは、がっくりとうなだれました。

「あなたは将来、このカールレオンを背負う存在です。我々は君のお父さんから、あなたがさらに高いレベルに到達するよう命じられています。いま努力すれば、かならず将来、幸せになれます。さあ、次の問題に取りかかりなさい」

リナは青ざめた顔で、ふたたびタブレット端末へとむきなおりました。

ふう、とレディがため息をつきました。

「なんなの？　これ。この子たち、いつ遊ぶの？」

エルンネは、おもちゃの飛行機のプロペラをクルクル回しながら答えました。

「将来失敗しないように……って、先まわりをしているんだよ」

「先まわり？　なにを先まわりするのよ。やってみないとわからないじゃない」

「そうだね。でも、あっちの世界では、失敗すること自体がダメなことになってしまった。つらい思いをするくらいだったら、はじめからやらないほうがいい……より安全な道を選んで、なにかに挑戦しようという意欲をもたなくなってしまっている」

「だから失敗しないように、先まわりして勉強するってわけ？　それに、なにをカイカクするの？　子どもたちが？　まだなにもはじまっていないのに？」

「みんないっしょじゃなきゃ、不安なんだ」

「みんな同じだなんて、そんなつまらないことないじゃない」

「まあ、レディは、ちょっとちがうのかもしれないね。君は一日で、子どもから大人、老人までを生きる。そしてひと晩たつと、また子どもにもどる」

「うん、寝る前に、今日も一日素敵だった……って思うの」

「朝になったときの気分はどう？」

「きれいサッパリよ。そしてまた一日、がんばろうって思えるの」

レディは、ペロッと舌を出しました。

「だけど、あっちの世界の人たちはちがう。あまりにも……色んなことが多すぎるんだ」

「色々ある……じゃなくて、色々ありすぎる……ってことね。おチビさんは？」

「ピピのことだね」

スクリーンに、あっちの世界でのピピの様子が映しだされました。

ピピは学校が終わるとまっすぐ家へ帰って部屋にこもり、心ここにあらず……といった様子で、うつろな日々をおくっていました。

「彼女の心はいま、こっちの世界にきている。むこうでのピピの心の時間は、とまってしまっているんだ」

「ピピは……どうなるの？」

「しばらくは、心はこっちへきたままだ。でも、いずれは帰らなければならない」

「そうよね……カイザーも、ずっとはいられなかったもん」

「ピピが、カイザーが亡くなったときのこと――最後に、なにを直そうとしていたのかを思い出せればいいのだが……」

「うん……」


カタカタと、映写機の音がひびきます。

腰をあげたエルンネは、白髪の老人へともどっていました。

レディは椅子から飛びおり、スカートのすそをパンパンとととのえ、ちいさなこぶしをにぎりしめました。

「なにか……方法はないの？」

「今は、ジサマとズッキにまかせるしかない。これまで、数えきれないほどの不可能を可能にしてきたふたりだからね。きっと今回も、なにか考えているはずだ」

「なにも考えていない可能性もあるでしょ」

「たしかに！」

エルンネが吹きだし、つられてレディも笑いだしました。

そんなふたりの姿を、メーシャとムーシャのぬいぐるみが、肩をよせあって見つめていました。

ピピがジサマの出勤前にやるべきことは、ジサマがすぐに作業に入れるように準備をしておくことでした。

その日の仕事を整理してシートに書きこみ、作業机の横にある棚にならべます。

シートには、持ち主からの手紙がそえられ、品名や大きさ、部品の有無や、修復担当者のサインと納期が記されています。

ズッキは、ジサマのもとで働く心がまえを、こう教えてくれました。


常に、なにがおきるのかを先まわりすること。

ジサマの前では考えて動く、ではおそい。考えないで動くのはもっとダメ。

一番ダメなのは、考えすぎて動かないこと。

仕事の八割は、整理せいとん。仕事がはじまってからではおそい。仕事は、はじまる前に終わっていると思うくらいの気持ちが必要だよ。


「おはよう」

ジサマが、入り口でコートを脱いでいました。

「おはようございます」

ジサマはパイプに火をつけ、ブハァ、とけむりをはきだしました。

「コーヒーをいれます」

「いや、自分でやるからいいです。よけいな気は使わないこと。それに……こういうことは自分でやらないと、腕がなまるんです」

ジサマは湯わかし器を火にかけると、木製のミルにコーヒー豆をひとつかみ放り、ハンドルをまわしました。ゴリゴリという小気味のよい音とともに、濃厚な豆の香りが部屋中にただよいます。

ミルから布製のドリップ器にひいた豆をうつし、こぶしでトントンとたたいてコーヒー粉を平たくしたあと、高い位置からお湯をそそぎます。

コーヒー粉がふっくらともちあがり、スフレのように美しいかたちをつくりました。

「めんどくさいと思っているでしょ」

ジサマは横目でピピを見ました。

「いえ……すごくきれいです」

こまかな気泡がぷくぷくとはじけています。

「めんどくさいことが、大事なんです」

栗色の柱が、ウォーマーを満たしました。

「みんな、近道をしたがるでしょ。でも、そんなものはないんです。あっちへいって、ちがう、と知る。こっちへいって、ちがう、とわかる。でも、どちらか……ではない。そのときに一番と思った道をいかないと、あとでまたやりなおしになる。近道というのは、先まわりをすることではなく、考えて考えて、そのときに一番だと思える道を選択することなんです」

ジサマの仕事は、ピピの想像をはるかにこえていました。

職人部屋では手におえなかった難物が、次々と運びこまれてきます。

古い映画館で使われていた映写機。太陽と月の動きをきざむ壁かけ時計。数百枚のレコードを選べるプレイヤーなど……頭がくらくらするものばかりでした。

ジサマの机には、朝用、昼用、夜用と、三種類のメガネがならんでいました。

「時間によって、視力が変わるんです」

部品を確認しながら、その手はつねに別な作業をしていました。

ジサマは前日やり残した仕事を終え、パノラマボックスの修理に取りかかりました。

美しく装飾された箱のなかに、幾層もの絵が描かれていて、のぞきこむと世界が奥ゆきをもって見える伝統的なおもちゃです。

色あせた箱を分解し、層になったセルロイドの絵を取りだして、筆を使って修復してゆきます。

それは、少女が木にもたれかかり、深い森の奥をのぞきこんでいる絵でした。木々のむこうに白い鹿が立っていて、どこか遠くを見つめています。

「聞こえますか？　風の音や木々のざわめきが」

「はい」

「ひとつの絵に、ひとつの意味しかないのはダメなんです」

ジサマは、絵の具がかわくのを待ちながら、五層に分かれたパノラマ絵を、一枚一枚、作業机にならべました。

「たとえば、これ」

一枚目には、大木に手をかけ、森の奥をのぞいている少女が描かれています。

「この絵から、なにが読みとれますか？」

ピピは絵の前に立ちました。

「大きな木です。太いので、すごく昔からここにあったんだと思います」

「もっと具体的に」

「えっと……女の子は、白いドレスを着ています。帽子も真っ白だから、この森に住んでいるというよりは、どこか別のところからきたのかもしれません」

「じゃあ、これは？」

二枚目には、舞いちる木の葉が描かれていました。

透明なセルロイドの板の上で、もえぎ色の葉っぱがおどっています。

「葉っぱが舞っています。茶色くないから、秋じゃないと思います。長袖のドレスを着ているから、夏ではなく、春なのかな……」

「じゃあ、これとこれ」

三枚目には池が描かれ、白い鹿が映りこんでいました。四枚目は、白い鹿です。

「白い鹿って、見たことがありません。もしかしたら、想像上の生き物なのかもしれません。遠くを見ているから、女の子のことには気づいていないのかな……」

ジサマは、絵から目をはなさずに言いました。

「いるんですよ。白い鹿は」

五枚目には、森の深部がどこまでもつづいていました。

ジサマはパレットに水滴を落とし、色をつくりはじめました。

「白い鹿は昔から、神の使いと言われてきたんです。世界のあちこちで、同じような言い伝えが残っている。白い鹿の住む森は豊かになるし、殺したことで災いがおきたという伝説もある」

ジサマはそう言いながら、筆を動かしつづけました。

息を吹きかけて絵の具をかわかすと、五層の絵を一枚一枚パノラマボックスへもどし、上ぶたを閉じます。

「のぞいてみてください」

ピピはしゃがんで、パノラマボックスをのぞきこみました。

「わぁ」

退色して平面的だった世界に光と色がよみがえり、本当に森のなかに迷いこんだようでした。風の音や木々のざわめき、少女が声をひそめる様子——せいひつな森の空気が、頭のなかにひろがりました。

「奥を見て」

目をこらし、鹿を見つめました。木々の合間からもれる光ごしに見える鹿の存在は、はかなく、神々しく感じられました。

「これは……ぼくの解釈ですが」

ジサマはピピの肩ごしに、箱をのぞきこみました。

「この森には、ふみこんではいけないんです」

「はい」

「この娘はこれ以上、森に入ってはいけない。鹿も、自分が見られていることに気づいてはいけない。もちろん、読みときかたは無数にあります。ひとりひとりのなかに物語がある。ぼくらは、これをつくった人がなにを考えていたのかを想像するだけです」

ピピは、だまってうなずきました。

「ひとつの意味しかないのはダメなんです」

ジサマは、みずからに言い聞かせるかのようにくりかえしました。

「描くときも、つくるときも、直すときもそうです。ひとつの意味にとらわれてはいけない。いくつもの意味を考える。そうすれば、手にとった人のなかに、ひとりひとりの物語が生まれるんです」

ジサマはそう言って、パカッと笑いました。

第十二章 黒いエージェントたちの侵略

黒いエージェントたちの計画は、しずかに、そして確実に、アシトカ工作所へとしのびよってきていました。

彼らは市のデータベースを使って、残された史跡や古い建物をしぼりこみ、カイザー・シュミットの工房が、ふたつの世界をつなぐ道だということをつきとめたのです。

あの雪の日。カイザー・シュミットの工房をおとずれた黒いエージェントたちは、パパとママにこう告げました。

「ピピさんにとって、おじいさまの工房が残されているのは、よいことだと思えません。過去の思い出――トラウマをひきずっていては、娘さんの将来が心配です」

男たちの説得はたくみでした。ピピが心を閉ざしているのは、おじいちゃんとの思い出にとらわれているからなのだ――と、工房を市の管理下におくことを提案したのです。

「工房のカギは、私（わたくし）どもがおあずかりしておきます。カイザー氏の残された品々は歴史的価値のあるものばかりです。私たちがしかるべき場所に保管しましょう」

パパとママは戸惑いましたが、男たちは市長のぜつだいな信頼をえていましたから、ことわることはできませんでした。

黒いエージェントたちは、工房のカギを手にいれるとすぐに、ピピとズッキが通ってきた暗い階段をぬけて、こっちの世界へとむかいました。

真っ黒なスーツに身をつつんだ三人の姿は、暗闇にとけこんでまったく見えません。

真ん中の男の声が、闇のなかにひびきわたります。

「かつて、ふたつの世界をつなぐ道はいくつもあった。教会や史跡、博物館や記念館や墓石など、多くの人々が思い出にひたれば、そこが世界をつなぐ道になったのだ」

「ふたつの世界をつなぐ道は、ひとつひとつ、閉じられつつあります」

右の男の声に、左の男の声がつづきます。

「カイカクが進めば進むほど、あっちの世界の存在は忘れ去られてゆく……」

「すべて、順調です。カールレオンの時計台の解体を手はじめに、旧市街をスマートシティに生まれかわらせれば、わが社の利益は右肩あがりに……」

「安心するな。まだ、やらなければならないことがある。いくら人々に思い出を忘れさせても、傷ついた思い出を修理しつづけている者たちがいる……」

「アシトカ工作所——思い出の修理工場……」

「そうだ。今度こそ、彼らを我々の支配下におかなければならない」

男たちは、教会のような空間をぬけ、ガングへと足をふみいれました。

広場には活気がなく、店は軒なみシャッターをおろし、広場をゆく人もまばらです。

彼らの存在に気づく者もいません。

「カイカクの効果は、出ているようですね……」

「人々が過去を忘れるほど、こっちの世界もうすれてゆく……」

ゴゴン――という音とともに、ガングから職人街への道がつながりました。

かつて職人たちの声で満ちていたハントヴェルカー通りも閑散としています。

「買収の準備は？」

「さっそくエージェントたちが、一軒一軒、工場主にコンタクトをとりはじめます」

男たちの靴音が、ハントヴェルカー通りにつめたくひびきわたりました。


男たちは職人街をぬけ、アシトカ工作所の玄関前に立ちました。

真ん中の男が呼び鈴を押すと、少し間があってロノが顔を出しました。

「はいはい、なにかご用でしょうか？」

真ん中の男は、真っ黒な名刺をさしだしました。

「メモリーチェーン社……さん？」

「ご多忙のところおそれいります。こちらがアシトカ工作所……でしょうか？」

「人々の思い出を修理し、美しくよみがえらせる――。思い出の修理工場が、こちらのアシトカ工作所……ということでよろしかったでしょうか？」

「そのとおりです」

ロノは、胸をはって答えました。

「おっしゃるとおりです。長年修業をつんだ職人たちが、傷ついた思い出の品々を、美しい思い出としてよみがえらせます」

そう答えながら、ロノは、なんだかとても不安な気持ちになりました。

「もちこみ修理でしたらうけたまわりますが……今は色々ございまして……対応させていただくのはかなり先になってしまいます……」

「カントクに、お目にかかりたいのですが」

「カントク……ジサマにでしょうか？　あいにくここは工場ですので、見学はお受けしておりません……」

「見学ではありません。ビジネスのお話にまいりました」

「あ、お仕事のご用件ですか。であれば、ズッキがうけたまわりますが」

「ズッキ」

「はい、こちらの工場長をつとめております」

「ぜひ、ズッキさんにお目にかかりたい」

「あいにく、ズッキは外出しておりまして」

「待たせていただきます。時間はたっぷりありますから」

いやな予感がふくらみましたが、男の有無を言わせぬ口調に押され、ことわるきっかけをうしなってしまいました。

「少しお待ちいただくことになるかと思いますが……」

扉をひらき、男たちをまねきいれます。

「こちらには、何名の職人さんがいらっしゃるのですか？」

「152名です。見習いを加えるともっと多くなります」

右の男が、カメラで工場のなかを撮影しはじめました。

「あ、撮影はご遠慮ください。お客さまの大切な思い出をあずかっておりますので」

「これは失礼」

そこへ、ミヤがロノの姿をみとめ、走ってきました。

「ロノさん！　大変です。また返品のトラックが」

「ミヤ、ちょっと待ってくれないかな。今、お客さんがいらしているんだよ」

「でも、はやくはこびこまないと、また次の荷物がもどってきてしまうって……」

「ううむ、困ったなぁ」

男たちは、ふたりのやりとりをじっと見つめています。

「ロノ、ミヤ、おつかれさま〜」

トッコが材木を小脇にかかえ、エレベーターに乗りこもうとしています。

「あ、ちょうどいいところに……トッコ！　お客さまを金魚鉢に案内してくれないかな？」

「ズッキさんのところに？　もちろん！」

真ん中の男は、トッコに名刺をさしだしました。

「おいそがしいなか、おそれいります」

「メモリーチェーン……？　かっこいい名前ですね！　金魚鉢へいくだけでいいんですか？」

「う〜ん、ズッキさんがいつもどるかわからないからね……」

「ぼくが工場を案内しますよ！」

ロノは顔をしかめましたが、真ん中の男は、スッとトッコの前に進み出ました。

「それはそれは……名高い思い出の修理工場を拝見できるとは、光栄なことです」

「そうこなくちゃ！」

トッコが胸をはります。

「じゃあ……たのむよ。トッコ」

ロノとミヤは、倉庫へと走ってゆきました。

「すみません。最近返品が増えている……って、大変なんです。ぼくはトッコといいます。トッコ・ビーネマーヤ。ここの見習いです」

「トッコさん。ご多忙のなか、ありがとうございます」

「ではいきましょう！　ぼくらが働いてるのはズッキさんの部屋がある二階です」

トッコはエレベーターで二階にあがり、男たちを職人部屋へと案内しました。

真ん中の男が、トッコに問いました。

「ここでは、どれほど機械化が進んでいるのでしょうか？」

「ここでは、手であつかえる道具以外は使っていませんよ。職人たちがひとつひとつ、手仕事で直しているんです。ジサマは機械がきらいだし」

「なぜ……でしょうか？」

「なぜって……」

「人間がやらなくてもよい仕事は機械にまかせて、本来やるべき仕事に集中したほうが、より効率的で生産的だとは思いませんか？」

「それは……そうかもしれないですけど」

男たちは、工場での仕事や技術に関しては、まったく関心がないようでした。

「ひとりあたり、一日どれくらいの作業効率なのですか？」

「新しい部品と、古い部品の使用比率はどれくらい？」

「床一平方メートルあたりの職人数は？」

「一日あたりの生産性とコスト効率は？」

次々とぶつけられる質問に、トッコは答えられませんでした。そんなこと、考えたこともなかったからです。トッコはしだいに、これまでほこりをもっていた自分たちの仕事が、とても古くさいものであるかのように感じはじめました。

「トッコさん」

「はい、なんでしょう？」

「あなたの……この工場での役職はなんですか？」

「やくしょく？」

「肩書きということです」

「ああ、ぼくは新人研修を終えた見習いです。職人試験に合格すれば、青いつなぎをもらって、職人になれるんですけど……まだまだ」

「トッコさん。あなたのように優秀な青年が、まだ見習いという立場に甘んじておられるなんて、実にもったいない」

「そんな……ぼくなんかまだまだですよ！　もっと修業して一人前にならないと」

「その修業……には、どれくらいの時間が必要なのですか？」

「それは、ジサマとズッキさん次第です。ふつうは五年から十年って言われていますけど……」

男は、心の底からおどろいた顔をしました。

「十年！　そのあいだに、どのようなことを学ばなければならないのですか？」

「たくさんありますよ。ジサマや職人たちの仕事の準備とか、部品のみがきかたとか、足りなくなったパーツをつくったり……」

「それらはすべて、機械にまかせればよいことばかりです。貴重な時間を、毎日同じことのくりかえしについやすなんて、バカバカしいとは思いませんか？」

「え……」

「あなたのように、若く、才能のある青年を求めている工場は、ほかにいくらでもあります。よい肩書きをえて、今よりも高いお給料をもらい、みなに尊敬される暮らしができるのですよ」

「それは……」

顔をあげると、エレベーターから、赤いつなぎを着たピピが、シートの束をかかえておりてくるのが見えました。

トッコはとっさに顔をふせ、背中をむけました。

「あの娘は？」

真ん中の男が、トッコの様子に気づいて問いました。

「新人です。カイザー・シュミットの孫で、今ジサマの部屋で働いていて……」

「カイザー・シュミットの、孫……」

男は、赤いつなぎを着て作業机のあいだを走るピピをしばらく目で追いかけたあと、トッコのしずんだ横顔を見つめました。

ピピはジサマの指示で、職人たちに午前中のシートをとどけていました。

シートには、ジサマからのこまかな指示が記されています。

職人たちの席から、

「なるほど」「これは大変だ……」「さすがジサマ！」

といったつぶやきが聞こえてきます。

シートを配り終えると、金魚鉢からロノが出てきて、ピピを呼びとめました。

「あ！　ピピ、ちょっとたのみがあるんだけど……」

「はい」

「金魚鉢に、コーヒーを五つもってきてくれないかな」

「はい、ズッキさんのはうすめ、ですね」

「うん、ありがとう。助かります」

給湯室でコーヒーをいれ、金魚鉢をのぞくと、真っ黒なスーツに身をつつんだ男性が三人、ロノとむかいあっていました。

「あの人たち……」

どこかで見たことがあるような気がします。

「もうしわけありません。もうすぐもどると思いますので……」

ロノは、びどうだにせずすわっている男たちに頭をさげました。

「かまいません。こっちの世界では、時間はたっぷりありますから」

ピピはトレイを片手でささえ、ガラス窓をノックしました。

「失礼します」

「あ、ありがとうピピ、そこにおいてくれるかな？」

「はい」

ドタバタと足音がひびき、ズッキが職人たちの席をぬけて金魚鉢に入ってきました。

「いやいや、すみませんねぇ。色々ありまして、お待たせしてしまいました」

男たちは立ちあがり、まったく同じ姿勢で一礼しました。

ピピはトレイをかかえたまま、立ちつくすかっこうになりました。

「はじめまして。メモリーチェーン社のエージェントをつとめております。名高きアシトカ工作所の工場長であられるズッキさんにお目にかかれて、大変光栄です」

真ん中の男が、原稿を読みあげるかのように言いました。

「まあまあ、すわってください」

ピピは、カップを男たちの前にならべはじめました。

テーブルには、真っ黒な名刺が一枚おかれています。ズッキは上目づかいに男たちを見ながら、コーヒーをズズズ、と音をたててすすりました。

真ん中の男は、細い目をさらに細めました。

「ごあいさつにうかがうにさいして、名高いアシトカ工作所のことを、色々調べさせていただきました。設立されてもう──五十年になるとか」

「そんなにたちますかねぇ。ぼくらは今ここ……しか考えずにやってきましたから、昔をふりかえったことが一度もないんですよ、まったく」

ズッキは、とぼけた口調でタバコに火をつけました。

「人々の思い出の品を、美しくよみがえらせてきた。すばらしいことです」

「いきあたりばったりで、やってきただけですよ」

ピピは、ロノのぶんのコーヒーをおき、チラッとズッキの顔を見ました。

ズッキは眉間に親指をあて、目を閉じてなにか考えているようでした。

真ん中の男が、スッと真顔になりました。

「しかし、ズッキさんのことですから、時代の変化にはすでにお気づきかと……」

ズッキは目をひらき、ジロッと男を見ました。

「残念ながら、あっちの世界のほうが、変わってしまった」

「あっちの世界?」

「はい。人々は新しいものを追い求め、古いものを必要としなくなっているのです」

左の男が、カタカタとキーボードをたたき、ノートパソコンをクルリとひっくりかえしました。画面には、アシトカ工作所から出荷された品物と、返品された品物の比率をあらわした円グラフが表示されました。

「返品率が、この半年で急速にあがっている。せっかく、みなさんが直したものが、すべてムダになっているのです」

ムダという言葉に、チクリと胸が痛みました。

ピピはペコリと頭を下げて、金魚鉢を出ました。

「アシトカ工作所の発展に、我々も協力させていただきたいのです」

真ん中の男が、満面のつくり笑いを浮かべると、画面が切りかわり、右肩あがりの線グラフが表示されました。

「カールレオンでは、ムラーノ市長によるカイカクによって資本が投下され、経済成長率が順調にのびております。景気は上むきとなり、人々の購買意欲も日増しにあがってきています。もう、古い思い出を修理してほしいと思う者はいない。むしろ過去のことは、思い出したくもないのです」

真ん中の男は、みずからの言葉に同意するようにうなずきました。

「ズッキさん。今の経営方針をつづけていても、返品の山がきずかれるだけです。これを機に、工場をオートメーション化し、新しいおもちゃをつくるのです。大人むけのスマートフォンでもよいでしょう。ともに、世界中の人々に夢と感動をとどけませんか。資本やスポンサーは、我々がご提供します。機械化できるところは自動化し、最新のソフトウェアで業務を効率化する。職人のみなさんには、よりクリエイティブな仕事に集中していただく。古いものを直すのではなく、ゼロから新しいものを生みだすことに、みなさんの才能を使うべきではないでしょうか」

ズッキはだまったまま、目を閉じています。

「ズッキさん。過去をふりかえり、古きものにこだわっている時代ではありません。未来を見すえ、世界をクリエイティブに改革いたしましょう！」

真ん中の男は、まるでなにかにとりつかれているかのようでした。

ロノは、いつズッキが爆発するか、気が気ではありませんでした。

ある職人が、こう言っていたのを思いだしました。

ズッキにしかられると、体がバラバラになる。

ズッキが、ゆっくりと目をひらきました。


「大変、魅力的なお話ですね」

そうそう……と心のなかでうなずきながら、ロノはズッキが想像とまったく反対のことを言ったことに気づき、ぎょっとして顔をあげました。

ズッキは、すずしい顔をしてつづけます。

「時代は変わりますからねぇ」

「前むきに、ご検討いただけますでしょうか？」

「そうですねぇ。来年、この工場もどうなっているか。なにしろ、うちは経営計画なんてものをつくったことがないんです。いつも、いきあたりばったり」

「またまたごけんそんを。あなたは有能な経営者だ。ズッキさんいらっしゃってのアシトカ工作所と、みなさん口々におっしゃいますよ」

「わたしはまぁ、いいんですけどね。この工場は、ジサマと一緒にやってきました。今も彼は、仕事場にいます。ジサマは仕事が好きでしてね。もう何歳になったのか……死ぬ寸前まで、彼は机にむかっているでしょうね」

「きっとカントクも、ご理解いただけることとねがっております。世界中に、カントクのお名前がとどろきますよ」

真ん中の男は、カバンから真っ黒な封筒を取りだし、テーブルにおきました。

「こちらが、アシトカ工作所のカイカク案です。もちろんズッキさん、カントクの経営権はそのままです。めんどうな手続きや資金集め、流通などはすべて我々におまかせいただき、職人のみなさまにはクリエイティブに集中していただきます」

「拝読しますよ」

ズッキは、タバコのけむりをふぅ、とはきだしました。

「ひとつ……聞きたいんですが」

「はい、なんなりと」

ズッキは、テーブルの上の真っ黒な封筒に目をむけました。

「なぜ……我々にここまでの提案を？」

「みなさまのお仕事を尊敬し、未来を案ずるからこそ……です」

「ほう」

「このままでは、時代の変化に取り残されてしまいます。誰かが得をすれば、誰かが損をする。それが世のことわりです。アシトカ工作所もワーク・ライフ・バランスを実現し、人々の需要にこたえ、時代の変化に追いついてゆかなければ……」

ズッキは、男の言葉を断ち切るように言いました。

「我々は、時代とは無縁にやってきましたからね……あなた方のほうが、我々がなにをすべきかをご存じだというわけだ」

男の目が、スッと光をうしないました。

「ズッキさん。あらためてゆっくりお話ししましょう。ワインでも飲み交わしながら……」

「あいにく、わたしは下戸でしてね」

「そうでしたか……では、お食事をかこみながら……」

ズッキは立ちあがりました。

「色々……ありますねぇ」

ロノは工場の扉を閉じ、ひと息つきました。

重苦しいものが両肩にのしかかっています。男たちの言葉が、耳にこびりついてはなれません。

ズッキは、彼らの提案を受けいれるのでしょうか？　確かに、このまま返品がつづけば、遠くない将来、経営がたちゆかなくなることはまちがいないのですが……。

そこへ、ミヤが青い顔をして走ってきました。

「ロノさん、どこいっていたんですか！　またトラックが二台、こちらにむかっているそうです。ようやくさっきのを地下にはこんだばかりなのに……。運送会社の人たちも、これ以上はほかにさく人員がいなくなってしまうから、今のうちに発送を止めてほしい……って」

「なにをバカなことを言っているんだ。我々の修理したものを待っている人がたくさんいるんだぞ」

ミヤは目をふせて、つぶやきました。

「本当に、いるのかどうか……」

ロノは、言葉をつまらせました。それは、ずっと自問自答していたことだったからです。

これまでロノは、自分の仕事にほこりをもっていました。

でも今は、不安ばかりが先に立ちます。

本当に、自分たちの仕事は、必要とされているのだろうか……。

ロノは、ミヤの肩に手をおきました。

「大丈夫。きっとズッキさんやジサマが、あっとおどろくようなアイデアで、この状況を突破してくれるから。今までのようにね」

そう言いながら、今回ばかりは、ロノにも自信がありませんでした。

✲

黒いエージェントたちは、ハントヴェルカー通りのつきあたりで、ガングがまわるのを待っていました。右の男が、四角い腕時計を口の前にかざします。

「本社へ、どのように報告しましょうか」

「まだ、報告はしないでいい」

真ん中の男は、前を見すえたままです。

「しかし……よい報告ですから、早めに本社へも……」

「よい報告とはかぎらない」

左右の男は、顔を見あわせました。

「しかし、前むきに検討する――と」

「あのズッキという男……ひと筋縄ではいかない手合いだ」

「と、言いますと？」

「なぜ、カイザー・シュミットの孫があそこに……」

地面からひびく低い音とともに、ガングがまわってゆきます。日はかたむきかけていて、建物から落ちる影が男たちの顔をかくしました。

「すぐに、ズッキという男について調べるのだ。あのトッコという見習いが使えるかもしれん……。彼らが我々の提案を受けいれない場合は、次のプランを実行にうつす必要がある」

「次のプランとは?」

「アシトカ工作所を消し去り、こっちの世界への道を完全に閉じること……」

「承知しました」

ガングが、ハントヴェルカー通りと連結する低い音がひびきわたりました。

⚙

ピピは食堂で、おそめの夕食をとっていました。

金魚鉢で聞いた会話が、耳にこびりついてはなれませんでした。

今日のメニューは、豚肉のピカタでした。小麦粉がジュウジュウと音をたて、サクッとした食感のあとに、レモン汁がたっぷりしみこんだ豚肉の濃厚な味が口いっぱいにひろがります。塩とコショウだけのシンプルな味つけですが、ケッパーが肉の旨みをひきたてて、かみしめるたびにちがった味がするのです。

「あら、今仕事終わりなの？　おチビさん」

顔をあげると、ミセスが立っていました。

「こんばんは。すみません、おそくなってしまって」

「ジサマはおそくまでやるからね。どうだった？」

「すごいです。頭と腕が、いくつもあるみたい」

「あっはっは！　あれでもだいぶ年をとったの。若いころは、もっとすごかったのよ」

「はい。直すだけじゃなく、つくることもすごくて……」

ピピはふと、頭にうかんだ疑問を口にしていました。

「ひとつ、聞いてもいいでしょうか？」

「なぁに？」

「この工場は、修理専門だって、ロノさんやトッコが言っていました」

「そうね」

「ジサマも、職人のみなさんも、部品だけじゃなくて、欠けてしまったものを一からつくっています。どうして、新しいものをつくらないんでしょう」

「なぜ、修理にこだわるのか……ってことね」

ミセスはエプロンをはずしながら椅子にすわり、ゆったりと身をもたせかけました。

きびきびとしたミスのときの動きとくらべ、とてもおちついた所作です。

「それはね。あっちの世界が存在しないと、こっちの世界も存在しないから」

「どういうことですか？」

ミセスはほほえみ、遠くを見つめるような目をしました。

「ここにはこびこまれてくるものは、あっちの世界の人々の記憶や思い出がかたちになったものなの」

「はい、エルンネ館長に聞きました」

「なにかのかたちはしているけれど、かならずしもあっちの世界でそのかたちだったとはかぎらない。傷ついた心が、なにかのかたちになって送られてくる場合もあるの」

「はい」

「この工場で、傷ついた思い出が修復されることによって、あっちの人たちは新しい一歩をふみだすことができる。つらい過去を美しい思い出へと生まれかわらせることで、生きていける。その手伝いをしているのが、私たちなのよ」

「はい」

「だから、あっちの世界から思い出がはこばれてこないと私たちは存在できないの」

ピピの脳裏に、カールレオンの人々の姿が浮かびました。はこばれてくるもののなかに、パパやママ、リナたちの思い出もあるのでしょうか。

考えこむピピを、ミセスはじっと見つめていました。

「それに……もうひとつ理由があるかな」

「なんですか？」

「ピピのおじいちゃん……カイザー・シュミットのこと」

「おじいちゃんの？」

「うん。ジサマはカイザーと約束をしたのよ。機械にたよらず、手を使って、みんなの思い出を直そう……って」

「やっぱり、ジサマとおじいちゃんは、友だちだったんですね」

「うん。若いころはジサマも、カールレオンで働いていたの」

「ジサマの部屋へいく廊下に、古い写真がありました。あそこに写っていたのは、ジサマとおじいちゃん……もうひとりの背の高い男の人は、誰なんでしょう？」

ミセスはさびしげな目をしたあと、

「その話は、またこんどにしましょ」

と、つぶやきました。

ミセスは、おじいちゃんとジサマの過去を知っているようです。

なぜジサマはこっちの世界で思い出の修理工場をつくったのか。ズッキとミセスとは、いつ出会ったのか。ズッキとジサマが、おじいちゃんが最後に直そうと思っていたものがなんだったのかを知りたがるのは、なぜなんだろう……？

ピピはトレイを手に、立ちあがりました。

「ミセス。ジサマのところへいってきます」

ミセスはニッコリと笑いました。

「うん、がんばってね！」

✿

アプリゲーム「クリーンウィッチ」によって旧市街に残された古い建物の解体が次々と決定していたカールレオンでは、時計台の解体へむけた投票期限がせまっていました。

広場を見おろす市長室では、ムラーノ市長がスマートフォンを手に、黒いエージェントたちとテーブルをはさんでむかいあっていました。

「こんな短期間で、これほどの成果をあげるとは……いったい、どういうしくみになっているのかな、このゲームは」

市長は明るいブルーのスーツに、真っ赤なネクタイをしめていました。

ピピのパパも同席しています。パパは、カイカク担当リーダー兼市長補佐に昇進していました。顔にはつかれがにじみ、目の下は黒ずんでいます。

「市長、カールレオン・ネットワークのインタビューは、三十分後です」

「うむ」

市長はとても満足げでした。

「これは、カイカク前のカールレオンです」

左の男が、スクリーンに地図を表示させました。

まちを横ぎる川の南がわにひろがる旧市街の一部が、真っ赤に点滅しています。

「そして、これが、今のカールレオンです」

赤く点滅していたブロックがくるくると反転し、青く点滅しました。

「解体と建築の需要はうなぎのぼり。新規参入が続々と進んでいます」

「うむ。市の財政は、赤字から一転黒字に回復した。しかしなぜ、反対派が圧倒していた状況が、ここまでひっくりかえったのか……私自身、信じられんのだ」

右の男が答えます。

「民主主義が、多数決によって公平になりたつ……という考え方そのものが、幻想なのです」

「ほう」

「まちの財政をどうするか。公共事業をどうするか。福祉にどれくらいの予算をさくか。それらを市民の意思で決定できると考えることそのものが幻想です。現実には相当数が別な意見をもっていたとしても、多数派の意見が１００パーセント正しい、ということになるのが、不完全な民主主義の現実なのです」

左の男がひきとります。

「たとえば、人を殺してもいいか悪いか……という投票があるとしましょう。市長、あなたは賛成ですか？　反対ですか？」

「もちろん、反対に決まっている。いや、投票することすらバカバカしい」

「そこです」

「というのは？」

「わざわざ投票するのは『人を殺してもいい』と考える人たちなのです。彼らが投票数の過半数をにぎってしまえば、それが100パーセント正しいということになる」

「ぶっそうなたとえだな」

「ムラーノさん。あなたが市長に当選したときの得票数と賛成、反対各々の数字をおぼえていらっしゃいますか？」

「いや……今すぐには思い出せないが」

「それでもあなたは、市長でいられるのです」

「失礼なことを言うな！　私は市民に選ばれ、まちの発展につくしてきた」

市長は気分を害して、椅子に身をあずけました。


「それでは……このゲームのしくみを、解説しましょう」

右の男がカタカタとキーボードを操作すると「クリーンウィッチ」のプレイ画面と、カールレオンの地図がならんで表示されました。

「まちを歩いて世界をクリーンにし、レベルアップしてアイテムを集めることがこのゲームの目的です」

「ああ、今朝も、レアアイテムが手に入ったと娘が大よろこびしていた」

「はい……お嬢さまのアカウントには、特別な設定をいたしましたので……」

「娘には秘密だぞ。特別進学コースに入ってから、妻とケンカが絶えなくてな……少しはガス抜きしてやらんと」

「はい」

赤いブロックの周辺に、アイテムの位置をしめすアイコンがならびました。

「レアアイテムが手に入る場所は、我々が自由に決めることができるのです」

「なるほど……アイテムを求めて人が集まるほど、投票数はあがる……」

「そのとおりです」

「それでこの短期間に……」

「はい、そして……いよいよ、時計台解体の是非を問う投票期限がせまっています」

投票数は、目標数の五桁にせまるいきおいでした。

「先ほど……時計台広場に、レアアイテムを配置しました」

市長が窓から広場を見おろすと、スマートフォンに釘づけになった人々が、ぞくぞくと広場に集まってきているところでした。

「ついに念願がかなうな。あの時計はこのまちのシンボルだ。古くさい象徴はすて去り、カールレオンに新たな歴史をきざむ必要がある」

真ん中の男が、ゆっくりと目をひらきました。

「雑談は、このくらいにしておきましょう」

左右の男は表情を消し、ふたたびパソコンへとむかいました。

「新カイカクプランは順調に進行しています……しかし市長、今こそ時計台の解体を大々的に発表し、次のプランを実行にうつす必要があります」

「なにかね？」

「旧市街のスマートシティ化です。その手はじめとして、カイザー・シュミット氏の工房を、新たなカイカクのシンボルにするのです」

パパの手から、書類がバラバラとこぼれ落ちました。

「どういう……ことでしょうか？」

「お義父さまの工房は、職人たちの精神的な支柱です。工房を改築し、職人街を観光客むけのファクトリーストリートに生まれかわらせるのです。職人たちの生活は守られ、カールレオンの名は、ふたたび世界にとどろくことでしょう」

「それはいいアイデアではないか、シュミット君」

市長はインタビューを前に頭がいっぱいで、上の空といった様子でした。

「はぁ……しかし」

真ん中の男は、つめたい笑みを浮かべました。

「シュミットさん。過去から現在へといたる道は、断ち切らなければなりません」

第十三章 フリッツの声を聞くこと

ピピは食堂を出て、ジサマの部屋へとむかいました。

ジサマの部屋は照明が落とされ、作業机のランプだけが、ぼんやりとジサマの横顔を浮かびあがらせていました。窓をあけたのか、新鮮な空気が流れています。

「ジサマ……おそくなりました」

ピピが声をかけると、ジサマは、

「ちょっと待って」

と、右手をあげました。

ピピはうなずき、作業台のほうへと歩いてゆきました。

使いこまれた木製の作業台の上に、フリッツが寝かせられています。

銀色のトレイに、ピピの顔がぼんやりと映りこみました。胴体からはずれた顔は半分つぶれ、緑色の目があった場所はゆがみ、ブリキの板がねじれるようにへこんでいました。

右腕は肩からはずれ、左腕はあらぬ方向へぐにゃりと曲がっています。胸から腰にかけては、片方の外板がはがれ、ゼンマイやリュウズがバラバラになっています。

右足は太ももからひざにかけてがつぶれ、左足は原形をとどめてはいるものの、胴体につながる動力部がごっそりなくなっていました。


「さあ、どこから手をつけるか」

ジサマがパイプをふかしながら、ピピの背後に立ちました。

「考えるべきことは、わかりますか？」

ぶ厚いメガネのむこうで、大きく丸い瞳が問いかけています。

「はい。どういう順番で、どう作業を進めてゆくかを考えます」

「具体的には？」

「同じような部品と作業を分類します。百の作業があるとすれば、十くらいになるまで整理して、順番を決める」

「ふむ、そのあとは？」

「ゆっくりでいい仕事は、早く終わらせます。大事な仕事こそ、じっくりと取りくむ」

「それだけではダメです」

しずかだけれど、きびしい口調でした。

「もっとも、大切なこと」

ジサマは、ピピの目をジッと見ました。

「それは、フリッツの声を聞くことです」

「フリッツの……声」

「まあ、それはカイザーのことを知ること……とも言えるのですが」

ジサマは作業台に近づき、フリッツを見おろしました。

「そのものがつくられた意味を知らずに、取りかかってはダメなんです」

ピピも、フリッツを見つめました。

「ものには持ち主の思い出がつまっている。その記憶をたぐりよせなければならない」

「はい」

「カイザーがなにを考え、フリッツをピピにたくそうとしたのか。その理由を考えぬかなければなりません」

ピピは、だまってうなずきました。

✿

それからしばらく、目のまわるような日々がつづきました。

ピピは、ジサマの仕事に追いつくのに必死でした。

夕食を終えると、ピピはジサマの部屋にもどり、フリッツを観察しつづけました。

ジサマはパイプをふかしながら、作業机にむかって仕事をしていました。

おじいちゃんが、わたしにたくそうとしたこととは、なんだろう——？

ピピは目を閉じ、はじめてフリッツを手にしたときのことを思い出しました。

おじいちゃんが亡くなったあと、フリッツはただひとりの友だちでした。悲しかったこと、うれしかったことを、フリッツに語りかけたものです。

フリッツはピピを見つめかえし、何時間でも話を聞いてくれました。

「そうか……」

ピピは、あることに気がつきました。

悲しいときには、フリッツも泣いているように見え、うれしいときにはほほえんでいるように見えたことを。

フリッツがはじめから笑っていたら、ピピの悲しみを受けとめてくれることはなかったでしょう。反対にいつも悲しい顔をしていたら、ともによろこびを分かちあうことはできなかったにちがいありません。

「ジサマ」

ジサマは、作業机から顔をあげました。

「おじいちゃんは、わたしに友だちをつくってくれようとしていました」

「どんな友だちを？」

「悲しいときは、一緒に悲しんでくれる。うれしいときは、一緒によろこんでくれる。そんな友だちです」

「ふむ」

ジサマはゆっくりと立ちあがり、ピピに歩みよりました。

「それが……カイザーがフリッツにこめた意志ということですね」

「はい。悲しいときには、悲しい顔を。うれしいときには、うれしい顔をしてくれる……それが、フリッツでした」

ジサマは、インクと絵の具のしみついた指で、フリッツのおでこにふれました。

「いいでしょう。今のことを考えずに取りかかっていたら、きっとピピは、フリッツに自分の気持ちだけを投影してしまっていたはずです。自分の考えや意志をいったんすて、そのモノの声を聞く。そこからしか、真実は見えてきません」

「はい」

ジサマはだまってピピの顔を見ていましたが、

「ピピは、自分のためにフリッツを修理したいのですか？」

と問いました。

ピピは、自分の心に問いかけました。

「いえ……」

こっちの世界へきたときは、フリッツをもとどおりにしたいという一心でした。でも今は、自分のねがいが変わっていることに気づいていました。

「今は自分のためではなく、誰かのために仕事をしたい……と思います」

ジサマはしずかな目で、問いかけました。

「では、仕事……とは、なんでしょう？」

「誰かが……よろこんでくれることをすること……」

ピピは、顔をあげました。

「それが仕事、だと思います」

そして胸のうちに、ずっと考えていた言葉が浮かび、口をついて出ました。

「ジサマ……わたしは、この工場でずっと、働きたいです」

ジサマは、ピピの言葉には答えず、しずかな目でピピを見ました。

「では、はじめましょう。これから一週間で、フリッツを完成させるのです」

「一週間で……」

「今日は、金曜日ですね。来週の金曜日が、完成期限です。完成したもののできばえをぼくが見て、合格であれば、この工場で働くことをゆるします。ただし……」

ピピは、つばを飲みこみました。

「不合格の場合は、もとの世界にもどらなければなりません」

心臓が、ドクンと音をたてました。

⚙

その日の夕方。

トッコは、レンガづくりの建物が建ちならぶ通りを歩いていました。手には、メモリーチェーン社のエージェントからわたされた黒い名刺がにぎられていました。

アシトカ工作所で寝とまりするようになってから、もう六年が経過していました。新人から見習いになり、黄色い作業着をジサマから手わたされたときのよろこびは忘れられません。早く一人前の職人になり、胸をはって故郷に帰りたい……と、毎日がんばってきたのです。

トッコは職人試験を受けられる日を、今日か明日かと心待ちにしていました。

そこに、ピピがあらわれたのです。

トッコは自分のなかに、モヤモヤとしたかたまりのようなものが、日に日にふくらんでゆくのをおさえることができませんでした。

どうしてピピばかり、えこひいきされるんだ！

ぼくのほうが先輩で、誰よりもがんばっているのに、なぜ認めてくれないんだ！

せまく、細い路地をぬけると、中央に井戸のある石畳の広場に出ました。

井戸を取りかこむようにして、黒いエージェントたちが立っていました。

「お待ちしておりましたよ……トッコ・ビーネマーヤさん」

「おそくなってすみません。ここにくるのははじめてで……」

トッコは帽子をとり、頭を下げました。

「お気になさらず」

真ん中の男が、ゆっくりと歩みよります。

「この場所は色々……都合がよいのです。大切な話を聞かれる心配がない」

井戸の横には、黒い石でできた慰霊碑（いれいひ）が立っていました。人々が苦しそうにからみあっている、不気味な彫刻でした。

真ん中の男は慰霊碑に手をおきました。

「かつてこの場所で、悲劇がおこりました」

「悲劇……？」

「古い思い出にしがみつこうとする者たちと、新しい世界をつくりだそうとする者たち。双方がぶつかりあい、多くのぎせい者を出したのです」

「……」

「トッコさん。この世界には、新たなものをつくりだす人と、そうでない人がいます。ここで起きたような悲劇を、くりかえしてはなりません」

「あの……」

「なんでしょう?」

「電話でうかがった話なんですけど……」

「これは失礼。あなたのように若く、将来有望なクリエイターには、関係のない話……でしたね」

「クリエイター?」

「はい。職人などという古くさい肩書きはすてましょう。修業や下積みなどというムダなことは今の時代、必要ないのです。未来のために、今を我慢する必要はありません。すべては機械やコンピュータにまかせ、トッコさんはもっとクリエイティブなことに、時間と才能をついやすべきです。それに……」

男は、たっぷりと間をおいて、悲しげな表情を浮かべました。

「アシトカ工作所は、このまま操業をつづけることがむずかしい……といううわさもあるのです」

「え!」

「そうならないことを、いのるばかりですが……」

トッコは、言いだしにくそうに、下をむきました。

「仮に……ですけど」

「なんでしょう?」

「ぼくが……その、新しい工場にうつるとしたら、どういう立場になるんでしょうか？」

「お望みの立場に。トッコさんのように、才能と熱意にあふれる人材に、わが社は投資をおしみません。たとえば……このような役職ではいかがでしょう？」

男は、アルミを削り出してつくった、ちいさな箱を手わたしました。

「これは……？」

「あけてみてください」

ピッタリと密閉された箱のフタをひらくと、なかから空気がポン、ともれました。

入っていたのは、真っ黒な名刺でした。

チーフ・エグゼクティブ・
クリエイター
トッコ・ビーネマーヤ

銀の箔押しで印刷されています。

「そして、こちらがあなたに月々お支払いできるフィーです。今すぐご決断いただければ、契約金として、さらに半年分をお支払いする準備があります」

手わたされた紙に記されていたのは、トッコがこれまで見たこともないような金額でした。

「こんなに……？」

おどろきで、指先がふるえました。

「新しい工場で……ぼくは、なにをするんですか？」

「すべてを。もう、レンズをみがいたり、ちいさな部品をチマチマとつくる必要はありません。そうした作業はすべて、最新の機械がやってくれます。我々が求めているのは、トッコさんのクリエイティブな才能なのです」

「才能……」

うしないかけていた自信が、胸の奥でふくらみはじめました。

カールレオンの歴史を見守ってきた時計台の解体が決定。

時計は博物館に寄贈され、最新のデジタル時計が新たなまちの時間をきざむ。


こんな記事が、カールレオン新聞の一面をかざりました。

カールレオンの象徴だった時計台の解体に関しては、反対派の人々が、最後まで抵抗をつづけていました。

しかし、「クリーンウィッチ」のレアアイテム探しにむらがる人々の数は圧倒的でした。ゲームに熱狂して投票する人が急増し、時計台の取りこわしは、賛成か反対かに関係なく、市民の総意——ということになってしまったのです。

そして、時計台の解体決定に乗じて、ある建物の改築も決定しました。

カイザー・シュミットの修理工房です。

職人たちの心のよりどころだった工房を改築し、旧市街をスマートシティに生まれかわらせるカイカクプランが、動きはじめたのです。

その裏で、黒いエージェントたちが暗躍していたことは、言うまでもありません。

誰も、気づきませんでした。メモリーチェーン社がスマートシティ化に関わるあらゆる事業に根をはり、ばくだいな利益をあげようとしていることに……。

✿

アシトカ工作所の地下倉庫では、ズッキとロノが、山とつまれた返品の山を前に腕を組んでいました。少しはなれて、ミヤが不安げに立っています。

棚には、古い人形や動物のぬいぐるみ、ブリキのおもちゃがならび、ランプの光に照らされています。

「せつない話だな。まだ現役なのに」

「返品の理由は色々です」

ロノは伝票をめくると、返品理由を読みあげはじめました。

「孫のクリスマスプレゼントにと考えていましたが、新しいおもちゃの方がいいということになり、返品させていただきます」

「ふむ」

「新製品のほうが機能がよいので、古いものは不要になりました」

「ふむう」

「こんなモノ、修理を依頼した記憶がない。不要なのでひきとってほしい」

「ふむうう」

「直したあとが気になるので……」

「もういい！」

ズッキが、がに股足をガタガタと鳴らしました。

ロノが、言いにくそうに切りだします。

「ズッキさん」

「なんだ！」

「例のカイカク案……ですが」

「それがどうした」

「うちの職人たちにとっては……悪くない話かもしれません」

ズッキの貧乏ゆすりがピタッと止まりました。

「資料には、職人たちの雇用はすべて保証されると書かれていました。機械化の費用も運営費もすべて先方がもつと。こんないい話はなかなかありません。うちの職人たちなら、新しい仕事にもすぐになれるでしょうし……」

「そんなうまい話があると思うか」

「しかし……」

「世の中には、ふたつの仕事がある。ひとつは知恵をしぼり、汗を流して自分の手でなにかを生みだす仕事だ。もうひとつは、人がやった仕事を、自分のものだと吹聴してまわる見せかけの仕事だ」

「はぁ」

「うまくまわって見えるときには、甘い言葉で近づいてくる。そして、人がつくったものを、自分たちのものだと言ってまわる。だが売れなくなると、ぽいっとすてるんだ」

「彼らも……そういう人たちだと？」

「おかしいと思わないか？　返品が急に増えたところで、あいつらはやってきた」

「ははぁ」

「それに、考えなしに機械をいれてみろ。人間が機械を使うのではなく、機械が人間を使うようになってしまうぞ」

エレベーターのひらく音が地下倉庫にひびきました。ジサマが、背筋をピンとのばして歩いてきます。

「はいはい、お待たせしました」

ジサマはズッキの横に立ち、返品されてきたおもちゃたちを見あげました。

「すみませんね。いそがしいところ」

ズッキはタバコに火をつけてけむりをはきだしたあと、

「どうですか、ピピは」

と、問いました。

ジサマは、パイプにタバコの葉をつめながら、

「一週間後が、期限です」

と、答えました。

「そうですか。間にあうといいんですがね……」

ジサマはうなずいたあと、急に不機嫌な顔になりました。

「読みましたよ」

ズッキも眉間にシワをよせます。

「カイカク案……ですね」

「くだらない！　これ以上、ろくでもないものをつくってどうするんですか！」

「ちょっと……危険なにおいがします」

ジサマの目が、メガネの奥で光りました。

「ズッキがそう思うなら、そうなんでしょうね」

ズッキは上目づかいでジサマを見ました。

「カールレオンの市長の父親……おぼえていますか？」

「ムラーノですね」

「はい。あのときも、同じようなやからが裏で糸をひいていた」

「ふむ」

「革命をさけび、まちをつくりなおそうという声がどこからともなくあがった。ムラーノは彼らに利用されたにすぎなかった」

「ふん！　革命なんて、あと先考えないバカがやるもんです。これまでに、改革だ、革命だとさけんで、うまくいったことが一度としてありましたかね」

ジサマは、パイプのけむりをモクモクとはきだしました。

「これをもってきた者たちに、つけいるすきをあたえた……ということです。今回は、ムラーノの息子です」

「カールレオンの、市長？」

「はい。カイカクをかかげ、まちをつくりかえようとしています。カイカク後のカールレオンは、人の幸福をうらやみ、自分をより幸せに見せかけようとするサービスであふれている」

「あの提案書をもってきた者たちが、裏で糸をひいているということですか？」

「はい……カイカクの裏で、莫大な利益をあげています」

　ふたりの会話をじっと聞いていたミヤが、おずおずと声をかけました。

「ズッキさん、ジサマ……ちょっといいでしょうか？」

「なんだ？」

　ズッキは、腰をかばうように、首だけをミヤのほうへむけました。

「何人かのスタッフが、ほかの工場にうつるにはどうすればいいのかと……」

「やめるということか」

「はい……、カイカク提案書は、うちだけじゃなく、ほかの工場にも……」

「くらがえというわけですね」

ジサマが、パイプのけむりをモクモクとはきだします。

「はい……もう修理だけをやっていくのは無理だ……と。ハントヴェルカー通りの工場の多くが、提案を受けいれるそうです」

「ふん！　なさけない話ですね」

ジサマが鼻を鳴らします。

「どうにもならんことはどうにもならんし、どうにかなることはどうにかなる」

ズッキはいつものひょうひょうとした顔にもどり、ジサマのほうをむきました。

「ジサマ。こっちの世界からあっちの世界へ手を出すことはできません。カギとなるのは、ピピです。ピピの記憶がもどれば……」

「ぼくが見守りますよ。カイザーの形見とむきあっていれば、なにか思い出すかもしれない」

「よろしくたのみます」

ズッキとジサマは、エレベーターへ乗りこみました。

ロノとミヤは、顔を見あわせました。

ズッキとジサマは、これまで、いくどとなく危機をのりこえてきました。

それでも、今回のような危機ははじめてです。

ふたりを、持ち主に忘れられたおもちゃたちが、しずかに見つめていました。

ピピがフリッツの修理に取りかかって、二日目のことです。

朝食を終えて食堂を出ると、中央ホールのエレベーター前で、ロノがメガホンを手に、職人たちへむかって呼びかけていました。

「みなさん、本日の業務は中止となります。各自部屋にもどって待機してください」

ホールは、エレベーター前にむらがる職人たちでごったがえしていました。

「どういうことだ！　納期は変わらないんだろう？」

「おって事情は説明しますから！」

「返品が増えていることと関係があるんだろう！」

「おう！　知っているとも。ロノ、お前はかくしているんだろうけどな、地下倉庫は返品の山だって、みんな知ってるぞ！」

人垣のなかに、トッコの姿が見えました。トッコは背のびをしながらロノの説明を聞いていましたが、ピピに気がつくと、気まずそうな顔で近づいてきました。

ピピは体をこわばらせ、精いっぱいの声を出しました。

「おはようございます。トッコ……さん」

「ピピがジサマのところにいるあいだにさ」

トッコはぶっきらぼうに言ったあと、

「大変なことになってたんだぞ！」

と、食ってかかるようにさけびました。

「返品がどんどん増えて、直したものを出荷できなくなっちゃったんだ」

「それで、この……」

「ああ。それでも待っている人がいるからって、仕事はつづけてたんだ。でも、もう倉庫がいっぱいになっちゃって、これ以上直してもおき場所がないって」

「みなさん、今後のことはおって説明しますので！」

職人たちが不安や不満を口にしながら寝室へともどってゆきます。

「ピピは……ジサマのところにいくのか？」

「う、うん……今度の金曜日に、職人試験が」

「職人試験⁉」

トッコの顔が、真っ赤になりました。こぶしがわなわなとふるえています。

ピピは、言うべきではないことを口にしてしまったことに気づきました。トッコはもう、何年も職人になることを夢見て働いているというのに……。

「あ、ちがうんです……フリッツを……」

ピピはあわててとりつくろおうとしましたが、トッコは燃えるような目でピピをにらみつけて走り去りました。

ピピは、しめつけられた胸を押さえながら、エレベーターへと乗りこみました。

足もとから、不安がせりあがってきました。

エレベーターをおり、ジサマの部屋へと歩き出しました。工場はひっそりとしずまりかえり、じゅうたんをふみしめる音が大きく感じられるほどでした。

部屋に、ジサマはいませんでした。

ぐるぐると色んな考えが頭に浮かびましたが、ピピはフリッツの部品をみがくことに集中しました。

その日、ジサマは夜まで、部屋にもどってきませんでした。

翌日、中央ホールには、ジサマの手書きで、次のような紙がはり出されました。

無期休業のお知らせ

アシトカ工作所は、ここまで行き当たりばったりやってきましたが、しばらく無期休業とすることにしました。

困難な時代になりました。我々の仕事が、通用しなくなっている。まあ、時代の流れです。これを後ろむきなこととするよりも、積極的に生かす機会にしましょう。

まったくちがう世界を経験する良い機会です。

ジサマ・ズッキ

その日の夕方から、アシトカ工作所から職人たちが消えてゆきました。

ひとり、ふたりと、いつの間にか姿が見えなくなる、という感じです。そのなかにはトッコもいました。

ロノとミヤはげっそりとやせ細り、返品の処理だけではなく、工場をはなれる職人たちへの対応にも追われていました。

職人という血液をうしなった工場は、またたくまに生気をうしなってゆきました。倉庫は返品の山であふれ、新しい荷物はぱったりととどかなくなりました。

ピピはひとり、はり紙の前に立っていました。

たとえ合格しても、工場が休業してしまっては、自分の居場所はありません。

それでもピピは、ズッキとジサマのもとで働きたいと、強く思ったのです。

第十四章

職人試験

ガングに、白髪の老人と少女が立っていました。

おもちゃ博物館の館長エルンネとレディです。

レディはエルンネに手をひかれ、不安げな顔で広場を見つめています。

「またひとつ……通りが消えちゃった」

「そうだね。カイカクによって、こっちの世界の存在が消えつつある……」

「フラウエン通りは、大丈夫なの？」

「ああ。おもちゃ博物館は、あっちの世界で使命をまっとうした思い出でできているから、まだ大丈夫だよ。だが、それも時間の問題かもしれない」

レディは、ギュッとエルンネの手をにぎりました。

「工場にはもう、誰もいなくなっちゃった。うちにいた職人たちはみんなあそこにいるの」

レディの視線の先、ゴゴゴゴ……と近づいているハントヴェルカー通りに真っ黒な壁の工場がそびえ、モクモクと黒いけむりをはきだしているのがここからも遠く見えています。

エルンネが口をひらきます。

「それに……困ったことになった」

「なに？」

「カールレオンの時計台の解体セレモニーの開催日決定とともに、旧市街のスマートシティ化が発表された。その第一号が、カイザーの工房になったんだ」

「いつ？」

「次の日曜日……ピピの職人試験の翌々日だ」

「そんな……どうなるの？」

「ふたつの世界をつなぐ道が、完全に断たれる。こっちの世界の存在は完全に忘れ去られ、消えてしまう」

レディは、絶句したままです。

「レディ、ずいぶん昔のことになるけれど、ジサマとズッキが、あっちの世界にいたことは、話したかな？」

「う〜ん、聞いたような気もするけど、忘れちゃった」

「そうだった。君はひと晩たつと、すべてを忘れてしまうんだった」

「もういちど、教えて」

エルンネは、レディの肩に手をのせました。

「昔……あっちの世界で、大きな戦争があったんだ。まちは破壊され、たくさんの人が亡くなった。カールレオンのまちでもね」

「うん」

「ジサマは、カールレオンで職人として働いていた。そのときの仲間が、ピピのおじいさんであるカイザーと、現市長の父ムラーノだったんだ」

「じゃあ、あのにくったらしい市長のパパとピピのおじいちゃん、ジサマは昔、仲間だったってこと？」

「そうだね。三人とも、世界にほこれる職人だった。ジサマとカイザーは伝統を守り、手仕事にこだわる職人だった。ムラーノ市長の父は新たな技術を取りいれ、革新的なものづくりをカールレオンにもたらそうとした」

「ふたりとムラーノパパは、対照的だったんだ」

「うん。それでも三人はよき仲間だった。だが、戦争がすべてを変えてしまった。戦争が終わったとき、まちは廃墟と化していた」

「うん」

「戦後、カールレオンのまちは三人の力を必要とした。うしなわれてしまったものを取りもどす力と、新たなものをつくる力、双方が必要だったんだ。だが、ある事件をきっかけに、ムラーノ市長の父は職人であることをやめた」

「なにがあったの？」

「わからない……ジサマはその事件のあと、アシトカ工作所をつくったんだ」

「ジサマは、なぜこっちの世界にきたの？　ズッキとは、いつ知り合ったんだろう？」

「レディ」

「なあに？」

「君も……あっちの世界にいたんだよ」

「え？」

「君は、一日かけてすべてを忘れてしまうから、おぼえていないんだね」

「忘れてしまってるわけじゃないの。寝ているあいだ……時のまゆのなかでは、おぼえてる」

「そうなのかい？」

「うん。忘れるというより、夢のなかで、小さいころにもどっていくって感じかな」

「じゃあ、とちゅうで目が覚めたら？」

「そこまでのことは、なんとなくおぼえてる」

「なるほど。じゃあ、時のまゆのなかで目覚めたときまでの記憶はあるんだね」

「うん。すぐ寝ちゃうけどね」

「なるほど」

エルンネは、なにかを考えている様子でした。

「どうしたの？」

「いや……ジサマは今、どうしているんだい？」

「ずっと仕事しながら、ピピがカイザーの形見を直すのを見守ってる」

「ズッキは？」

「カイザーの工房へいって、カイザーがなぜ亡くなったのか、最後になにをしようとしていたのかを探してるみたい」

「見つかったのかな？」

「ううん……毎朝、げっそりして帰ってくるの」

「ピピの記憶は？」

「まだ、もどらないみたい……」

「そうか……さすがのズッキとジサマも、今回はお手あげかもしれないね」

レディはキッと顔をあげました。

「そんなことない！　ズッキとジサマはこういうとき、ぜったいになにかを考えている。そして、風が吹くのを、じっと待っている……」

ふたりの前に、ハントヴェルカー通りがつながりました。

真っ黒な工場から、無機質な機械音がひびいてきます。

「エルンネ」

レディが言いました。

「なんだい？」

「エルンネも……いなくなったりしないよね」

白髪の館長は、ほほえみながら答えました。

「大丈夫。さっき言っただろう？　おもちゃ博物館は、使命をまっとうした思い出の集まりだって」

「うん」

「今は、ズッキとジサマがなにを考えているのか……待つことにしよう」

「うん、そうだね」

レディはハントヴェルカー通りへとわたり、ふりかえって手をふりました。

✿

ピピは、ジサマの部屋で、作業台にむかいつづけていました。

ゆがんでしまったフリッツの外殻をもとどおりにするのは、根気のいる仕事でした。悲しいときには悲しい顔を。うれしいときにはうれしい顔を――。数ミリの差で、まったく表情が変わってしまうのです。

ジサマの部屋には、ときおりズッキが入ってきて、相談をしていました。

五分で終わるときもあれば、数時間、話しこんでいるときもあります。昨日、ピピが資料室からもどると、部屋のなかから、ジサマとズッキの話し声が聞こえました。

「ピピは、まだ……？」

「ええ。カイザーの形見とむきあうことが、思い出すきっかけになると思ったんですが」

「カイカクが進み、こっちの世界の存在じたいがあやうくなっています」

「はい、時間がないですね……」


おじいちゃんの記憶を思い出せないことに、胸が苦しくなりました。

ズッキの態度にも変化がおきていました。

ピピは、毎晩日誌を書きつづけました。でも、工場の休業が発表されてから、ズッキからの返信は、しだいに短くなっていったのです。

書きたいことは山ほどあったのですが、ズッキはいそがしいのだと思い、短く書くにとどめました。


ジサマは休憩時間をとり、おじいちゃんの思い出を話してくれました。

「なにを見せたいのか？　なにを伝えたいのか？　それを考えることの大切さを教えてくれたのは、カイザーでした」

そうすることで、ピピの記憶がもどることを期待していたのかもしれません。

「戦争が終わってね。カイザーと、焼け野原になったまちを歩いていたときのことです。あ、もうひとりいたな。今のカールレオン市長の父、ムラーノです」

「リナのおじいちゃん……」

ジサマはうなずきました。

「カイザーがね、ぼくとムラーノに聞いたんです。ここに、なにが建っていたのかわかるか——とね」

ジサマの想いは、遠い昔へと飛んでいるようでした。

「ぼくは、記憶をたよりにまちの絵を描きました。でも、カイザーはぼくよりもずっとよくおぼえていた。くやしくてね。それから家の構造や間取りを、外から見ただけで描けるようにしたんです。そして、みんなでまちを少しずつもとにもどしていった」

「思い出をたよりに……カールレオンのまちをつくりなおしたんですか」

「みんな若かった。だから……仲間たちの記憶をもとに、あのまちはできているんです」

ピピは、城あとから見おろしたカールレオンを思い出しました。まちは昔から存在したのではなく、おじいちゃんやジサマたちが再建したものだったのです。

「ムラーノは、過去にしばられてはいけない、と言いました。カールレオンは、新たなまちへと生まれかわらせなければならない——と。新市街は、ムラーノが設計したんです。それも正しいんです。どちらか……ではない」

「リナのおじいちゃんは、職人をやめたって聞きました」

ジサマは、だまってうなずきました。

「どうしてですか？」

「ムラーノは、才能を利用されてしまったんです」

「誰に？」

「いつの時代にもあらわれる、過去をかえりみず、自分たちの私利私欲のために生きるものたちです」

「あっちの世界と、こっちの世界でおきていることと関係があるのでしょうか？」

ジサマは、ピピの問いには答えませんでした。

「我々の仕事はね、人よりもうまくやるとか、なにかをなしとげるとかいうことじゃない。誰かから受けとったバトンを、ほかの誰かに手わたすことなんです」

そして、フリッツを見おろしました。

「カイザーは、ピピになにを手わたしたかったんですかね」

それは、ピピに投げかけられた質問のようでもあり、ジサマ自身の自問のようにも聞こえました。

「おじいちゃんが、手わたしたかったもの……」

その言葉は、ピピの胸のうちに深くきざまれたのです。

ズッキは、あの暗い階段をぬけ、カイザー・シュミットの修理工房で、あるものを探していました。

次の日曜日、カールレオンの時計台解体とともに、工房の取りこわしがはじまります。ふたつの世界をつなぐ工房経由の道が閉ざされてしまったら、すべて終わりです。

毎晩、夜が明けるまで探しつづけているのですが、目的の品は見つかりません。

ズッキは、カイザーの椅子に身をあずけると、タバコに火をつけ、大きくけむりを吸いこんで、目を閉じました。

カイザー・シュミットは、なぜ亡くなったのか。

彼が、最後にやろうとしていた仕事はなんだったのか。

工房はひっそりとしずまりかえり、時計台広場のほうからひびいてくる犬の遠ぼえだけが、かすかに聞こえます。

「……?」

背もたれによりかかっていたズッキは、なにかに気づいて身をのりだしました。古いサイドボードの下に、数枚の紙がかくすようにおかれているのが見えたのです。

床にふせ、サイドボードの下に手をのばしました。

うっすらとホコリをかぶった紙は、なにかの設計図のようです。

ズッキは椅子にすわりなおし、設計図に目を落としました。

「そうか――」

ズッキの目が、こうこうと光をおびはじめました。

バサバサと紙をくります。設計図には、歯車が複雑にからみあった、あるものの構造図が、数ページにわたって記されていました。

「カイザーが最後に直そうとしていたものは……」

立ちあがると、椅子がガタン――と大きな音をたててうしろに倒れました。


「カールレオンの、時計台……」


ズッキは、工房の入り口まで走り、扉の窓ごしに時計台を見あげました。闇夜に浮かびあがる時計台には鉄の足場がかかり、解体の準備がはじまっています。

「間にあうか……」

ズッキはきびすをかえし、もといた世界へと走りだしました。

木曜日の朝をむかえました。いよいよ明日が、フリッツの修理期限です。

ピピは、作業台の上に横たわるフリッツの前に立っていました。

今日まで、あらゆることを考えてきたつもりでしたが、ピピの耳には、ジサマの言葉がこびりついてはなれませんでした。

カイザーは、ピピになにを手わたしたかったんですかね。

それが見つからないまま、明日の職人試験をむかえることに、不安がふくらみはじめていました。

ジサマの作業机に目をむけると、見おぼえのあるものがおかれているのに気づきました。茶色い封筒と、便せんが数枚ならんでいます。

便せんを手にとり、息を飲みました。

カイザー・シュミット様

「おじいちゃんの……」

耳が熱くなり、心臓が音をたてました。

便せんには、万年筆で書かれたあわいブルーの文字が、ビッシリならんでいました。余白に印刷された文字は漢字ですが、手紙は、ピピの国の言葉で書かれています。

ピピは椅子にすわり、異国からおじいちゃんにとどいた手紙を読みはじめました。

カイザー・シュミット様

遠い海のむこうの、お目にかかったことのない方に、こうしたおねがいの手紙をどう書けばよいか悩みながら、筆をとっております。

ニホンのトウキョウに住む、シノと申します。

このオルゴールは、私の祖父が戦前、祖母にプレゼントしたものです。

「オルゴール……あのときの？」

ピピは、この工場で働きはじめた日のことを思い出し、ふたたび、手紙に目を落としました。

祖父は戦地で亡くなり、祖母は母をひとりで育て、その母から私が生まれました。

祖母は毎晩、オルゴールの音色に耳をかたむけながら、若くして死んだ祖父のことを思い、ひとり涙を流していたそうです。

祖母は二十年前に亡くなり、今、私の母もまた、病床にあります。

母は余命半年と宣告され、最近になり、もう一度、祖母が大事にしていたこのオルゴールの音を聞きたいと言いだしました。

母は、父親に会ったことがありません。母の記憶にある父の姿は、このオルゴールの音色とともに、祖母から語られたものだけです。

母は、亡き祖母と祖父の思い出を胸に、この世を去りたいともうしております。

なにとぞ、祖母と祖父、そして母の思い出をよみがえらせていただきたく、よろしくおねがいもうしあげます。

いつの間にか、涙がほほをつたっていました。

「あのオルゴールに、こんな思い出が……」

ピピの脳裏に、おじいちゃんが手紙を読んでいる姿が浮かびました。


ピピのなかに、ある記憶がまたたきました。


それは、カールレオンの時計台広場の記憶でした。

時間は、夜です。

ピピはおじいちゃんのストールを肩にかけ、時計台を見あげています。

腕には、フリッツがかかえられていました。

雨風にさらされたからくり人形のあいだに、おじいちゃんの姿が見えました。

おじいちゃんはピピに手をふり、ピピにむかってさけびました。

「ピピ、これから、フリッツをとりにおりるからね――」


記憶は、別の場所に飛びました。

そこは、カールレオンの中央病院の廊下でした。

ママのすすり泣く声が聞こえてきます。パパは、ママの肩に手をおいています。

ピピは、ふるえる足で、ふたりのもとへと歩いてゆきました。

「おじいちゃんは？」

ママはピピにかけより、強くだきしめました。

息を吸いこみ、なにか言おうとしますが、その言葉はおえつに変わってしまいます。

「ピピ……」

ピピはふりかえり、パパを見ました。

「おじいちゃんは」

パパはひざをつき、ピピの肩に手をおきました。

「ピピ……おじいちゃんは――亡くなったんだ」

ドン！　というにぶい音とともに、ピピの記憶はふたたび、時計台広場へと逆回転してゆきました。


そうか――おじいちゃんは――あのとき……。

おさえこまれていた記憶が体の奥底からわきあがり、涙となってあふれました。

ピピは、おじいちゃんが亡くなったときのことを、思い出したのです。

「ピピ」

ふりかえると、ジサマが立っていました。

「脳のフタが、ひらきましたね」

ピピは涙を流したまま、ジサマにむきなおりました。

「はい、おじいちゃんは、時計台を修理しようとして……」

ジサマは遠くカールレオンに想いをはせるように、つぶやきました。

「傷ついた記憶を修復するだけではダメなんです」

ジサマはピピにソファーへすわるようにうながし、となりに腰かけました。

「人は、記憶の奥深くに、本当の思い出をかくしている。たとえ忘れていたとしても、深いところにもっているんです」

「はい」

ピピは、涙をぬぐってうなずきました。

「大切なのは、おぼえておくことです。たとえ忘れてしまっても、かならずどこかでひきだせる。我々の仕事は、ものを直すことではありません。忘れられた思い出をひっぱりだし、持ち主にとどけることなんです」

「この手紙の……オルゴールは、どうなったんですか?」

「だいぶさびがひろがっていましたが、美しい音色はよみがえった……。ピピがここにきたその翌日に、持ち主へと送りましたよ」

「よかった……」

「カイザーと我々のやっていたのは、こういう仕事なんです」

「はい」

ジサマは、ピピの目を見て、言いました。

「明日が、期限ですね」

「はい」

ピピは、ジサマの目を見つめました。

✿

「ジサマ」

ひとり、カールレオンの古地図に目を通していたジサマの部屋に、ズッキが顔をのぞかせました。顔はやつれ、ヒゲはのび放題でしたが、目はらんらんとしています。

「どうしたんですか、ズッキ」

「ピピは？」

「思い出しました。カイザーが去ったときのことを……」

「時計台ですね」

ズッキは、手にしていた設計図をジサマの前にひろげました。

「カイザーの工房で、これを見つけました」

「ピピの記憶も同じです。カイザーは時計台を直そうとして……」

ズッキはライターを取りだし、タバコに火をつけました。

「ふたつの世界を救う方法が、時計台にかくされていた」

ジサマはメガネを押しあげ、設計図に目を通しはじめました。

「カイザーはいったい、なにをしようとしていたんですかねぇ」

「日曜日には、時計台の解体セレモニーと同時に、工房も破壊されてしまいます」

「さて、どうするか……。ぼくらがむこうにいっても、工房の外には出られない」

「それなんですけどね」

ズッキは、手を首のうしろにまわしてまゆをつりあげました。

「なんですか？」

「いや……ちょっと言いにくいんですが」

ズッキはジサマに近づき、耳もとでささやきました。

ジサマの目が丸くなり、口もとが苦笑いに変わりました。

「またズッキは……ぼくにそんな役まわりを押しつけて」

「すみませんねぇ」

ズッキがニヤッと笑うと、ジサマはボリボリと頭をかきました。

金曜日の朝をむかえました。

ピピはベッドに腰かけ、トッコが使っていたとなりのベッドを見ていました。

職人たちでいっぱいだった寝室には、ピピひとりしかいません。

はじめて、アシトカ工作所へきた日のことを思い出します。

トッコの横顔にドキドキしたこと。言葉は少ないけれど、親切な職人たち。一日の仕事を終え、ミセスのごちそうをおなかいっぱい食べて眠りについたあとの、しずかな寝息の合唱——。

すべてが遠い昔のような気もするし、つい昨日のことのようにも感じます。

昨晩ピピは、ズッ記にこんな日誌を書きました。


明日が、職人試験です。

今日、おじいちゃんが亡くなったときのことを思い出しました。

そのことを思い出さなければ、明日の試験にのぞむことはできませんでした。

仕事において大切なことは、整理せいとんと、記憶力。

色々教えてくださり、本当にありがとうございました。

ズッキからの返事は、ありませんでした。


食堂には、誰もいませんでした。

フライパンや食器が、もの悲しくゆれています。

テーブルの上に、青と白のキッチンパラソルがおかれていました。

パラソルをとると、豪華な朝食があらわれました。

緑・赤・黄の野菜がたくさん入ったオムレツと、クコの実がたっぷりかかったサラダ。ひき肉と野菜をねりこんでつくられたレバーケーゼには、オリーブオイルで炒めたパセリがたっぷりとそえられています。

自分でしぼるオレンジジュースと、リンゴのコンポート。ミルクは鍋に入っていて、あたため方まで、ミスの字でていねいに記されていました。

ひと口ひと口、かみしめながら食べました。

ほのかな塩の辛さを感じたのは、涙ぐんでいたからでしょうか。

食器を洗ってかたづけると、ピピは中央ホールへとむかいました。

エレベーターに乗り、五階のボタンを押しました。

丸いのぞき窓から二階の職人部屋が見えましたが、木製の作業机がならぶ部屋はガランと、しずまりかえっています。

五階までの時間が、ひときわ長く感じられました。

職人試験に合格すれば、この工場で働けるのでしょうか。

失格したら、もとの世界にもどらなければならないのでしょうか。

パパとママ、カールレオンのことを思い出さない日はありませんでした。

でも、ピピは心の底から、この工場で働きたいと感じていたのです。


ジサマの部屋の扉をノックします。

「ピピです」

沈黙のあと、ジサマの声がひびきました。

「入ってください」

重い扉を押して、なかに入りました。

ジサマは、椅子に腰かけてパイプをふかしていました。照明の下で、フリッツがにぶい黄金色の光をはなっています。

「よろしくおねがいします」

「はい。では、はじめてください」

「はい」

ブリキの外殻は、ほぼ完成していました。

手にとった人が、うれしいときも、悲しいときもよりそってくれるような表情をつくるため、ピピはブリキの板をたたきつづけてきました。

トレイの上で、みがきあげた部品が光っています。砂利にまみれ、ふみつぶされてゆがんでしまった部品ひとつひとつを、長い時間をかけ、もとのかたちにもどしてきました。足りなかった部品は、ぼうだいなストックのなかから似たものを選び、加工してつくりました。

この二日間取り組んでいたのが、なくなってしまった緑色の片方の目でした。深く澄んだフリッツの緑色の目は、一からつくる必要があったのです。

ヒントとなったのは、ピピがおもちゃ博物館をおとずれたときに手にしたカワウソのぬいぐるみの目でした。その目が樹脂でつくられていたことを思い出したのです。

ピピは、樹脂を何種類もフラスコにいれ、色の差をつけながら着色してみがきあげ、記憶のなかに残っていた、フリッツの目をつくりあげていました。

これまで感じたことのなかった集中力が、全身にみなぎっていました。

歯車やシャフトがかみあうよう、何度も調整をかさねます。少しずつオイルをさし、ハンマーでかたちをととのえながら、分解しては組みあげをくりかえします。

手こずったのは、胴体と手足の接合部分でした。シャフトでつながっているのですが、いざ組んでみると、スムーズに動かないのです。

腕と胴体を仮固定して作業を進めましたが、双方がかみあうようになるまで、数時間かかりました。

ジサマはそのあいだ、ずっとなにかの絵を描いていました。

「ふう」

最後の一本となるシャフトのネジをしめ、ピピはちいさく息をつきました。

これで可動部はすべて、接合されたはずです。

フリッツを大の字に寝かせ、右手をゆっくりと前へ動かしました。連動して左手が可動します。左足を曲げると、右足が連動してうしろに下がり、フリッツは、ゆっくりとダンスを踊るかのように、体ぜんたいをひねって動きました。

「よし」

いよいよ、最後の工程——うしなわれてしまったフリッツの片方の目を入れるのです。

樹脂でつくった緑色の目玉をガーゼの上にのせ、霧ふきをかけてみがきます。すきとおった樹脂の表面に、ピピの顔が映りこんでいます。

ピンセットで緑色の目をつまみ、ググッと押しこみました。眼窩（がんか）の直径ギリギリの大きさまでみがきあげた眼球に、少しずつ力をいれてゆきます。

コトン――という音とともに、目玉が落ちこみました。

天井を見あげ、目を閉じました。まぶたの裏に、おじいちゃんの顔がまたたいたような気がしました。

目をあけ、フリッツを見おろします。両目に命を宿したフリッツは、かすかにほほえんでいるように見えました。

ピピは、少しはなれたところに立って、ぜんたいを見なおしました。

照明の光に照らされたフリッツは、ピピが思い描いてきた姿そのものでした。

作業台に近づき、ひとつひとつの部品や、かみあわせを確認してゆきます。

「よし、大丈夫」

すべては、うまくいっていると感じました。

おじいちゃんが残してくれた大切な友だちが、ついに命を吹きかえしたのだ――とピピは思いました。

顔をあげて拡大鏡をはずし、ジサマのほうをむきました。

「ジサマ」

ゆっくりと顔をあげたジサマの姿が、ぼやけて二重に見えます。

「できました」

ジサマは立ちあがり、パイプをふかしながらピピのもとへ歩いてきました。

やるべきことは、すべてやりました。

フリッツのことは、誰よりも知っているという自負がありました。記憶を総動員し、思い出せるすべてを再現できたはずです。

ジサマは少しはなれた場所からフリッツをながめたあと、近づいて目をこらしはじめました。その横顔から、感情をうかがい知ることはできません。

胃がキューッとちいさくなり、のどの奥から熱いものがこみあげます。

長い、長い沈黙でした。

ジサマは背筋をのばし、ゆっくりとピピのほうを見ました。

ピピはゴクリとつばを飲みこみ、ジサマの言葉を待ちました。

ジサマは、丸い、黒目がちな目でまっすぐピピを見て、言いました。

「不合格です。もとの世界に帰りなさい」

ピピの目の前は、真っ暗になりました。

最終部

すべてを忘れたあとに

第十五章 帰郷

ピピはガングに立ち、流れてゆくハントヴェルカー通りを見ていました。

真っ黒な工場からけむりが立ちのぼり、無機質な機械の作動音だけがひびいています。ゴーン、ゴーンというその音は、怪物の寝息のようでした。

もう二度と、この通りを歩くことはありません。

アシトカ工作所で働くことも、できないのです。

職人試験を終えてからの、ピピの記憶は断片的でした。ジサマの部屋を飛び出したあと、いつ眠りにつき、朝をむかえたのかもおぼえていません。

耳の奥でずっと、

不合格です。もとの世界に帰りなさい。


というジサマの声が、こだましていました。

くやしさと後悔と絶望が、波のように押しよせました。

なにが、足りなかったんだろう？

おじいちゃんは、わたしになにをたくそうとしたんだろうか……。

ガングには今や、誰の姿もありませんでした。

エサを食みにきていた鳥たちのさえずりも聞こえません。はじめてこの場所をおとずれたときのけん騒が、遠い昔のことのようでした。

ピピの腕には、油紙につつまれたフリッツだけが抱かれていました。愛着のわいた作業着やブーツ、バッグを持ち帰ることはゆるされませんでした。

ピピは職人街を見送り、あっちの世界への入り口へとむきなおりました。

はじめてこっちの世界にやってきたときに通った、三角形の空間です。

光の入り口をぬけ、教会のような空間へと足をふみいれました。あの、暗く長い階段を上ったら、カールレオンへともどることになります。

自分がいなかったあいだ、あっちの世界がどうなっていたのか、見当もつきません。

パパとママはどんな顔をするだろうか。学校には、どんな顔をしていけばいいんだろう。また、ひとりぼっちの日々がはじまるのだろうか……。

高い天井の空間に、ピピの足音だけがひびきました。

「色々あるなァ」

聞きなれた声がして、ピピは立ち止まりました。

あっちの世界とこっちの世界――その双方をつなぐ通路にむかいあう椅子のひとつに、ズッキがすわっていました。

「ズッキさん」

「おう。まあ、すわりな」

ズッキは、手をヒラヒラさせて、目の前の椅子を指さしました。

ピピは、ズッキから少しはなれた反対がわの席に腰かけ、うなだれました。

「職人試験……失格してしまいました」

ズッキは、ジロッとピピをにらみました。

「昨日は日誌を書かなかったな。毎晩書けと言っただろう」

試験の前日、返事をくれなかったじゃないですか……という言葉が出かかりましたが、

「すみません……」

としか、答えられませんでした。

ズッキは、だまったままです。

「ズッキさん」

「なんだ」

「なにが……足りなかったのでしょうか」

ピピは、おさえていた感情があふれ出るのを止めることができませんでした。

「ズッキさんに教えていただいたように整理せぃとんして、ジサマの言ったように、おじぃちゃんが、なにを伝えようとしていたのか考えました。おじぃちゃんが亡くなったときのことも、思い出したのに……」

のどに、熱いものがこみあげます。

「フリッツはちゃんと動きました。それに……」

ズッキは、前を見たままです。

「ジサマは……フリッツがどういう姿だったか、知らないじゃないですか！」

涙があふれだし、ほほをつたいました。

自分の発した言葉が、いかに身勝手なものかはわかっていました。

努力はむくわれると信じたかったのでしょうか？　ちがいます。

自分の腕に、自信があったのでしょうか？　それもちがいました。

ピピはただ、ふたりに認めてほしかったのです。

そのあとの言葉は、おえつに飲みこまれて、かたちをなしませんでした。涙がとめどなく流れ、ピピはオイオイとしゃくりあげながら、床にくずおれました。

「ピピ」

ズッキが口をひらきます。

「うあ」

頭がグチャグチャになって、答えることができません。

「お前はこれから、あの長い階段を上ってあっちの世界へ帰る。こっちの世界で見たこと、聞いたこと、経験したことはすべて思い出の中から消えてしまう」

ピピは、ぼうぜんと顔をあげました。

「ここであったこと、ぜんぶ……」

「それが、あっちの世界とこっちの世界の決まりだ」

「そんな……」

ピピは、うなだれました。

「ひどい顔だな」

ズッキは苦笑いしながら、ピピを横目で見ました。

「ズッキさん」

「なんだ」

「忘れてしまう前に……教えてください」

「なんだ」

「おじいちゃんが、わたしにたくそうとしたものは……なんだったのでしょうか……」

「それは、俺にもわからんよ」

「ジサマは……」

「当然わかっているだろうな。それを思い出せば、合格できたかもしれん。だが、そうではなかったということだ」

ズッキの言葉が、つめたくひびきました。

「ズッキさん」

「なんだ」

ピピは、言葉をしぼりだしました。

「ありがとう……ございました。ズッキさんと出会わなければ、こっちの世界へくることも、おじいちゃんが亡くなったときのことを思い出すことも、フリッツを直すこともできませんでした。ここで学んだことを……」

決して忘れません――という言葉がのどをつきましたが、涙があふれそうになり、顔をあげました。

「ズッキさん、ジサマ、みなさんと出会えて、アシトカ工作所で働かせていただいて……本当に幸せでした」

ピピの目から、ポロポロと涙がこぼれ落ちました。

「ピピ」

ズッキは立ちあがり、ピピの前に立ちました。

「はい」

「これを、わたしておこう」

ズッキがさしだしたのは、表紙に『P・S』と刻印された、革の手帳でした。

「これは……」

新しいズッ記のページは、真っ白でした。

これまで何十冊のズッ記に、学んだこと、考えたことを書きとめたでしょう。

「せんべつだ。こっちの世界のものをもちだすことは、禁じられているんだがな」

「ありがとうございます――」

ピピはフリッツとともに、ズッ記を抱きしめました。

「ピピ」

ズッキはピピの顔をのぞきこみ、ニヤッと笑いました。

「大切なことは、記憶力だぞ」

そして、クルリときびすをかえし、手をヒラヒラさせながら、

「じゃあな」

ひとことそう言うと、ガングへと歩き去ってゆきました。


ピピは長いあいだ、その場に立ちつくしていました。

これまでのことが次々と頭にうかび、ピピのちいさな体を満たしました。

工房で、ズッキと出会った夜のこと。長い階段を下って、こっちの世界をおとずれ

たときのこと。

歯車広場ガングにおり立ったときの光景。アシトカ工作所へ足をふみいれ、ジサマの部屋をノックしたときの記憶。トッコとの語らいと、職人たちの笑顔。レディ・ミス・ミセス・マダムのシフォンケーキの味。

おもちゃ博物館でエルンネ館長が教えてくれたこと、ミーシャと一緒に旅した思い出。すべてを忘れてしまうのでしょうか。

いつしか日が落ち、建物のなかに夕闇と冷気が手をとりあってしのびこんできました。

ピピは、誰もいない空間にむかって、心のなかでつぶやきました。

「ズッキさん、ジサマ、レディ・ミス・ミセス・マダム、ミーシャにメーシャにムーシャ、エルンネ館長、ロノさん、ミヤさん、トッコ、みなさん……さようなら」

ピピはズッ記をポケットにいれ、フリッツをかかえなおしました。

そして、長い階段を、一歩一歩、上りはじめました。

ふみだすたびに、こっちの世界での思い出が、りんかくがぼやけるようにうすれてゆきました。そのたびにピピは立ちどまり、忘れないように……忘れないように……と、何度も心のなかでくりかえしました。

それは、とてもつらい歩みでした。

忘れてはいけないことを忘れてしまったときの不安と、思い出せそうなのに思い出せないときの切なさ——双方がよせてはかえし、心がおぼれそうになりました。

きた道をもどろうかと、何度も思いました。でも、両足は階段に吸いついたように動かず、前へと進むことしかゆるされないようでした。

こうしてピピは、すべてを忘れてしまったのです。

カールレオンの市長室では、真ん中と左の黒い男が市長とむかいあっていました。

「いよいよ、明日ですね」

真ん中の男が、つめたい笑みを浮かべました。

無機質なデジタル時計が午前七時を知らせます。

「あと二十九時間後……明日、日曜日の正午、時計台の解体セレモニーをきっかけに、カイザーの工房と、旧市街の建物の取りこわしが開始されます」

市長室の窓から見える時計台のまわりでは、解体セレモニーの準備がはじまっています。解体業者が鉄骨の足場を行き来し、教会のまわりでは、テープカットや記者会見の準備が進められていました。


計画は順調に進行しているのに、市長はとてもいらだっているようでした。

「なぜ、カイザーの工房の取りこわしを、そんなに急ぐのだ」

真ん中の男が、さとすように答えました。

「カイカクを完成させるためです。カイザー・シュミットの工房は、過去にしがみつく職人たちの精神的支柱です。工房の解体を手はじめに、反対派の職人たちの立ち退きを進めるのです。明日のセレモニーはその絶好の機会……」

市長は立ちあがり、男たちに背をむけてつぶやきました。

「性急すぎることに、住人から不安の声があがっている」

「心配にはおよびません。スマートシティ化の具体案が発表されれば、支持率は急上昇するでしょう。次の市長選もムラーノさん、あなたが圧勝ですよ」

左の男がカタカタとキーボードをたたくと、画面に次期市長選の予想グラフが表示されました。ムラーノ氏が半数以上をしめています。

「そう、ねがいたいものだな……」

「お父上がなしえなかったことを、あなただけがなしとげることができる。このまちはかつて、お父上の手によって、生まれかわるはずだった……。その遺志を継ぐのがムラーノさん、あなたの使命なのです」

「わかっている」

市長はふりかえり、弱気な表情を浮かべてつぶやきました。

「昨日……娘に、痛いことを言われてな」

「リナさんは……なんと？」

「私には、パパとの思い出がなにもない——と」

真ん中の男の腕で、四角い時計が青く点滅しました。

「市長、少々失礼します」

真ん中の男は、席を立ちました。

市長はなにか言いたげな顔をしていましたが、飲みこむように顔をそむけました。

真ん中の男は部屋を出ると、四角い時計に耳をよせました。

時計から、右の男の声がひびきます。

「ピピがカールレオンへともどってきました。記憶は完全に……」

「そうか……だが、油断は禁物だ。彼らがピピをもとの世界へ帰したのには、理由がある」

「はい、ズッキがなにをたくらんでいるのか、ひきつづき探ります……」

そのころ、おもちゃ博物館では、少年の姿をしたエルンネが、ミーシャ・メーシャ・ムーシャとともに、大きなクッションの上で寝ころがっていました。

ミーシャが、両手足をバタバタさせました。

「ピピの思い出の中から、ぼくたちはみんな……消えてしまったの？」

「それが、あっちの世界とこっちの世界のあいだの決まりだからね」

「せっかくミーシャに素敵な友だちができたのに……残念ね」

メーシャが、毛糸でマフラーを編みながらため息をつきました。

「しかし……なんでジサマは、ピピを不合格にしたんだろう？　あんなにがんばっていたのに！」

ムーシャが、リンゴをムシャムシャとかじりながらさけびました。

「ジサマにはジサマの……考えがあるのさ」

エルンネが杖をかかげると、天井にカールレオンの様子が映しだされました。

新市街は、天まで届きそうなビルの建設ラッシュで、背の高いクレーンが、キリンの群れのようにこうべをたれています。

時計台には鉄製の足場が組まれ、解体セレモニーの準備がはじまっていました。

「カールレオンでは明日の正午、時計台の解体セレモニーがはじまる。カイザーの工房も、同じ時間に解体されることが決まった……。そうなったら、あっちの世界への道は永遠に閉じられ、こっちの世界の存在も消えてしまう……」

ミーシャが、エルンネにむきなおりました。

「ピピのおじいちゃんが最後に直そうとしていたのは、時計台だったんだよね」

「ああ。それによって、カイザーがどうやってふたつの世界を救おうとしていたのかまでは……わからないけどね」

「ジサマとズッキがあっちの世界にいって、直すことはできないの？」

「こっちの世界の者は、カイザーの工房から外に出ることはできないんだ……」

「う～ん……」

ミーシャは腕を組んで首をかしげていましたが、

「そうだ！」

と、大きな声でさけび、パタパタと両腕をふりまわしました。

「ピピがこっちの世界でのことを思い出して、時計台を直してくれればいいんじゃないかな！」

「それはむずかしい。こっちの世界でのピピの思い出は、すべて消えてしまったからね」

「そんな……もう、どうしようもないってこと？」

うなだれたミーシャのちいさな肩に、エルンネがやさしく手をおきました。

「でも……ズッキとジサマがピピをもとの世界に帰したのは……そのためだったのかもしれないね」

メーシャとムーシャが、顔を見あわせました。

「え？　だからジサマは、ピピを不合格にしたの？」

「ピピに……時計台を直してもらうために？」

「でも……時計台を直して、いったいなんになるのかしら……？」

「ピピは……今、どうしているんだろう？」

ピピの寝顔が映しだされます。

ミーシャが、ちいさな両手をひろげてさけびました。

「ピピ！　お願い！　ぼくたちのことを思い出して！」

第十六章

アシトカ工作所の最後

ピピはベッドの上で、ゆっくりと目をひらきました。

見なれた天井と、カーテンのあいだから射しこむ光。そこは、いつもと変わらない、ピピの部屋でした。

長い、長い夢を見ていたような気がします。

夢のなかで、誰かに呼ばれたような気がしました。楽しかったような、悲しかったような、目覚めると姿かたちがすべてうしなわれている、不思議な夢でした。

体をおこし、目をこすりました。机と椅子が二重に見えました。ピピが小学校に入るときに、おじいちゃんがつくってくれたものです。

机の上で、フリッツが脚を投げだすようにしてすわっています。

「おはよう……フリッツ」

フリッツの緑と青の目は、どこか遠くを見ているようでした。

階下から、スープの香りがただよってきました。

着がえて階段をおりると、ママが朝食の準備をしていました。

「おはよう、ピピ」

「おはよう……ママ」

「パパは明日の準備……って早く出かけちゃったから、早めにつくっちゃった。今、タマゴ焼くからね」

「うん」

ピピはテーブルにつき、オレンジジュースをコップにそそぎました。

「ママ」

「なあに？」

「夢を見たの」

「あら、いいじゃない。どんな夢？」

「忘れちゃった」

「それは残念。でも、そういうことあるよね。すごくいい夢を見た気がするのに、思い出せないことって」

「うん……」

ピピはバスケットからパンをとり、バターをぬってかじりました。

「あ……そうそう、ピピ」

ママが目玉焼きをお皿に盛り、エプロンをはずしながらふりかえりました。

「おじいちゃんの工房……今日で最後だから、大事なものはもってきておいてね」

「え？」

「え？　って。明日から工事がはじまるのよ」

「工事……って、なに？」

「なに言ってるの。解体工事よ。昨日も工房にいっていたんでしょ？　時計台と一緒に、おじいちゃんの工房も工事がはじまるの」

足から腰が、ゾワゾワとざわめきました。

あいまいだった記憶が、つながってゆきます。

ピピは、足もとの床がくずれてゆくような感覚をおぼえました。

「明日って……何時？」

「お昼の十二時。パパは市長のテレビ出演に立ち会うみたいよ。テレビに映るかもね」

ママがそう言い終わるか終わらないかのうちに、ピピは立ちあがりました。

ガタン――と、椅子が大きな音をたてて倒れました。

「どうしたの？」

「ママ！　工房のカギは……？」

「え？　業者の人が入れるように、ポストにあると思うけど……ちょっとピピ！　どこいくの？」

ピピはママの声を背に、家を飛び出しました。

つめたい風が、ほほを切りさくようでした。

新市街には、建設中の高層ビルがいくつも見えました。カールレオンの城壁あとが、冬空の下でクッキリと浮かびあがっています。

ピピは新市街と旧市街をつなぐ橋をわたり、時計台広場へ出ました。

鉄製の足場におおわれた時計台は、牢獄にとらわれている巨大な生き物のように見えました。

広場の中央では十数名の人々が、取りこわし反対のプラカードとのぼりをかかげてすわりこんでいました。まわりには、テレビカメラと警官の姿が見えます。

レポーターが、マイクを片手にカメラにむかっていました。

「明日、日曜日の正午、カールレオンの象徴であった時計台の解体が開始されます。カイカクのもと決行されようとしている解体工事に対し、一部の住人たちが、今なお反対運動をつづけています……」

時計の針は、十一時五十九分を指して、止まったままです。

鉄格子のような足場の合間に、雨風にさらされた聖人たち、道化師と三匹のクマのからくり人形が見えました。

胸が、ザワザワしました。


ピピは広場を突っきり、職人街を工房へむけて走りました。

いくつかの工房ではシャッターがおり、通りは閑散としていました。

工房には雨戸がおろされ、「立入禁止」という看板がさがっていました。

ポストに手をいれてカギを取り出し、扉をひらきます。

ホコリとカビのにおいが、ツンと鼻をつきました。工房のなかはガランとしていて、戸棚のなかもからっぽでした。

「おじいちゃん……」

なにか、大切なことを忘れてしまっている気がします。

ピピは、おじいちゃんがすわっていた椅子に腰かけ、戸棚を見つめました。


「ここで、誰かに会った気がする……」


家へもどると、ママが心配そうな顔でピピを待っていました。

ピピは、ママにすがりついてさけびました。

「ママ。おじいちゃんの工房を……こわさないで！」

「ピピ……なに言ってるの。何度も話したでしょ。もう決まってしまったことなの。大切なものはみんな、博物館に保管されることになっているから……とても名誉なことなのよ」

「ママ……おねがい。なにか……大切なものがなくなっちゃう気がするの」

ママは、首をふるばかりでした。
「それは、ママも同じ気持ちだよ。でも……今は思い出にしばられていないで、前へ進むことを考えましょう」

ピピは階段をあがり、部屋へともどりました。
ベッドに腰かけ、深いため息をつきます。
まるで昨日までの自分と、今朝からの自分が、別な存在のような気がしました。
机を見ると、フリッツが、部屋を出たときのままの姿で遠くを見ていました。
「――？」
フリッツの足もとに、見おぼえのない革の手帳が、ぽつんとおかれています。
『P・S』という刻印を、指でなぞりました。
頭の奥で、誰かの声が聞こえたような気がしました。

毎晩、かかさず――。

気がつくと、ピピは鉛筆を手にしていました。
椅子にすわって手帳をひらき、白紙のページに鉛筆を走らせました。

わたしはなにかを、忘れている気がする。

おじいちゃんが、亡くなったときのこと。

工房で、誰かに……会った？


ピピ、工場で学んだことを忘れたのか――？


「――！」

ピピの目が、大きく見ひらかれました。

手帳の左がわのページに、右肩あがりの丸っこい字で、

という文字が、浮かびあがったのです。

全身を、稲妻がかけめぐりました。髪の毛が逆だち、周囲の音がすべて消えさったかのようでした。

ピピは椅子にすわりなおし、次ページの右がわに、

すみません。あなたは、誰ですか？

と、書きました。
数秒ののち、うっすらと新しい文字が浮かびあがりました。

あやまらなくていい！　お前はなにも知らんのだな。思い出の修理工場ことアシトカ工作所のズッキを知らんとは！

ピピのちいさな体の奥底から、記憶があふれ出しました。
毎晩、ベッドに倒れこみながら、その日学んだこと、考えたことを必死に書きとめた日々のこと――翌朝、ズッキから返事がきたときのよろこび――。
大粒の涙が、ポロポロとこぼれました。

『ズッキさん！』

『言っただろう。大切なことは記憶力だと』

『はい！　これ……どうして？』

『言っただろう！　手帳はふたつでひとつ。もとの世界へもどるたびに忘れてしまっては話が進まんからな。カイザーとはこうして、日誌を使ってやりとりをしていたんだ。こっちから先に書くことはできないから……ピピが思い出すのをずっと待っていたんだ。おそかったな！』

ピピは涙をぬぐい、顔をクシャクシャにして笑いました。

『ゆっくり交換日誌をしているよゆうはない。ピピにやってほしいことがある』

『はい！　やらせてください！』

『明日……そっちの世界の正午に、時計台の解体セレモニーがはじまる。カイザーの工房も——だ。そうなったら、こっちとそっち、ふたつの世界をつなぐ道は断たれてしまい、アシトカ工作所はおろか、こっちの世界そのものが、なくなってしまう』

ズッキの顔のむこうに、ジサマの横顔が浮かびました。

レディ・ミス・ミセス・マダム、ロノにミヤ、トッコと職人たち、エルンネとミーシャたちの顔が、思い出を一ページ、一ページとめくるように思い出されました。


『どうすれば?』

『時計台へいくんだ。カイザーは最後まで、カールレオンの時計台を動かそうとしていた。修理はほぼ終わっていたが、まだ足りないものがあるらしい。時計を動かすためになにが必要なのか……ピピ、お前がつきとめてほしい』

『わかりました!』

『時間がない……たのんだぞ』

ズッキからの返事は、そこでとぎれました。

机の時計は、正午をさしていました。

ピピはズッ記をポケットにつっこみ、ママに気づかれないように階段をおりると、時計台広場へむけて走りだしました。

「ぜったいに、アシトカ工作所をなくさせたりはしない……！」

時計台の解体セレモニーまであと、二十四時間――。

ガングに、黒いエージェントたちがおりたちました。

ひとり、またひとりと増えていった男たちの数は、歯車広場を埋めつくすほどにまでふくらみました。あっちの世界で、いくつもの都市をカイカクしてきた者たちが、こっちの世界へといっせいに集まってきたのです。

その中心には、真ん中の男と左の男の姿がありました。

「いよいよ、ときがきた――」

真ん中の男は、おごそかな声で言いました。

「同志諸君の不断のカイカク努力によって、カールレオンのみならず、世界中の都市が生まれかわりつつある。われらがメモリーチェーン社は、さらなる成長をつづけることになる。だが……計画はまだ完璧ではない」

男はふりかえり、広場一面にひろがった黒いエージェントたちを見まわしたあと、地の底からとどろくような声でさけびました。

「我々は、人間たちの思い出を消し去り、未来を支配することで繁栄してきた。今こそ長きにわたり、我々の計画をはばんできた者たちを抹殺しなければならない」

黒い群衆はみな、同じ顔で真ん中の男の演説に聞きいっています。

「思い出の修理工場――アシトカ工作所にあたえられた選択肢は、ふたつ。我々の支配下に入るか、それとも、忘却のかなたに消え去るか……」

黒い群衆から同意の声があがり、やがてそのどよめきは波のようにひろがってゆきました。

「なんだ」

真ん中の男は、満足げに広場を見まわしました。

左の男の腕時計が、小きざみに点滅しました。

「カイザーの孫が……」

「ピピが？　どうした」

「時計台広場へむかっていると……」

「思い出したのか……？　こっちの世界のことを」

「そのようです」

真ん中の男は、四角い顔をゆがめました。

「ズッキのしわざか……」

「おそらく……」

「どうやって、ピピの記憶を呼びおこしたのだ……」

男はしばらく考えていましたが、左の男にむかって声をひそめました。

「すぐに、ピピのあとを追うように伝えるのだ」

「はい、すでに同志が……」

「教会の警備をかためさせるのだ。ピピを時計台にいれてはならん」

「承知しました」

「この期におよんで、まだ悪あがきをするつもりか……」

真ん中の男は苦々しそうにつぶやき、黒い群衆へむけて両手をひろげ、地鳴りのような声をとどろかせました。

「ときは満ちた。思い出の修理工場を、今こそなきものにするのだ！」

大地を埋めつくした男たちは、一分の乱れもない動きで整列しました。

ハントヴェルカー通りが、ガングに連結しようとしています。

黒い群衆がさけびました。


「思い出の修理工場をなきものに！」

「思い出の修理工場をなきものに！」

「思い出の修理工場をなきものに！」

ピピは息を切らして、時計台を見あげました。

忘れていたおじいちゃんの最後の姿が、ハッキリと頭のなかに浮かびました。


ピピ、これから、フリッツをとりにおりるからね――。


おじいちゃんはあの夜、時計台を直そうとしていました。でも、ピピの手にあったフリッツをとりにおりようとして、足をすべらせてしまったのです。

広場では、解体に反対する人々と警官とのあいだで、こぜりあいがおきていました。

『あと二十四時間で、時計台の解体を開始します。条例により、明日の正午には、みなさんを強制的に退去させなければなりません』

拡声器が耳をつんざくような音を発し、反対派の人々から怒声があがっています。

「なんの条例だ！」

「ゲームを使って勝手に決めたことだろう！」

「時計台がなくなったら、このまちは本当にダメになるぞ！」

教会の入り口は封鎖されていて、反対派の人々が近づけないよう、警官たちが立ちはだかっていました。正面から入るすべはなさそうです。

ピピは、目を閉じて考えました。

「そうだ……」

まぶたの裏に、教会の管理人、モリーの顔が浮かびました。

教会にはたしか、裏口があったはずです。

ピピは、反対派の人々と押し問答している警官隊の横をすりぬけ、裏手にある管理人小屋へと走りました。

小屋の前で、モリーがデッキブラシをかかえ、背中を丸めてすわっています。

「モリーさん！」

ピピがかけよると、モリーは顔をあげ、目を丸くしてピピを見ました。

「ピ、ピピじゃないか……」

「モリーさん、おねがいがあるの！　裏口から、教会のなかにいれてください」

「それが……ダメなんだよ。市長のおたっしで、なかには誰もいれてはいけないっていうんだ……」

「モリーさん……時計台がこわされちゃうんだよ？」

「ああ……この時計台はこのまちをずっと見守ってきた。それをこわしてしまうなんて、どうかしているよ。だが、反対ならクビだって……そうなったら、オレはどこにもいく場所がないんだ……」

モリーは目を真っ赤にして、頭上を見あげました。

「モリーさん。おじいちゃんは、時計をもう一度動かそうとしていたの」

「カ、カイザーが……？」

「そう。この時計は、まだ動くかもしれない……」

モリーは、なにかを思い出した顔をして、さけびました。

「そうだ！」

「え？」

「そうなんだ！　カイザーは、時計を動かそうとしていた……裏口から、毎晩……オレは……」

ピピは、モリーの手をとりました。

「おねがい！　モリーさん。裏口をあけて。おじいちゃんがやり残したことを、やりとげなければならないの！」

モリーは、体に電気が走ったように立ちあがり、引き出しからカギを取りだしました。曲がった腰をひきずり、管理人小屋を出てさらに裏手へまわります。

ピピも、その背中を追いかけました。

苔むした壁面の下にへばりつくようについている、木でできた裏口が見えました。

モリーがさびた錠前を手にとり、カギをさしこみます。

ガチャリ――と低い音がして錠前がはずれ、モリーは、

「さ、さあ。早く……誰かこないうちに」

と、ピピをうながしました。

さびた鉄の取ってに手をかけました。

ギギギ、とかすれた音をたてて、木戸はひらきました。

「ありがとう！　モリーさん」

ピピが木戸に頭をくぐらせようとした、そのときです。


「ピピさん――」


ピピの肩に、何者かの手がふれました。

ふりかえると、真っ黒いスーツを着た男性がひとり、ピピを見おろしていました。

「あなたは？」

男の四角い顔を、どこかで見たことがあるような気がしますが、頭がチカチカして、思い出せません。

「ピピ・シュミットさん。私は、カイザー・シュミット氏の古い友人です」

「おじいちゃんの……？」

「はい。おじいさまとピピさんの思い出の場所であるこの時計台で、ずっとあなたを

お待ちしておりました」

「思い出の場所……？」

「はい。私はおじいさまが残した言葉を、お伝えしにきたのです」

「おじいちゃんが、わたしに……？」

「おじいさまは、あなたのことを、たいそう心配しておられました。ご自身が亡くなられたあと、ピピさんがどう生きてゆくのか、案じておられたのです」

「おじいちゃん……」

涙で、男の顔がぼんやりとゆがみました。

「カイザー・シュミット氏は、カールレオンがほこるすばらしい職人でした。しかしシュミット氏は、時代の変化にいちはやく気づいておられた。このまちが新しく生まれかわらなければならないこと。そしてピピさん、あなたもまた、新たな一歩をふみださなければならないということを、ねがっていたのです」

「でも、わたし……！」

ピピはポケットからズッ記を取り出し、自分がなにをしようとしているのかを、説明しようとしました。

「──！」

最後のページに、ズッキからの新たなメッセージが記されていました。

黒いスーツの男に、気をつけるんだ――。

ピピは思い出しました。目の前の男が、アシトカ工作所をおとずれた、あの三人の男のひとりだということを。

とっさに戸口へ飛びこもうとしましたが、すさまじい力で手首をつかまれ、ひきずりだされました。

「な、なにをするんだ！」

すがりつこうとするモリーを、男はようしゃなくけりとばしました。モリーはうめき声をあげ、その場にうずくまってしまいました。

「モリーさん！」

ピピがうつぶせの状態から身をかえすと、男は氷のような笑みを浮かべてひざまずき、ピピの鼻先に、四角い顔を近づけました。

「ピピさん……おじいさまの残した言葉を、お伝えしましょう」

そしてピピのひたいに手をおきました。

「もう、おじいちゃんのことは忘れて、前をむいて生きなさい――」

全身から力がぬけ、頭のなかが真っ白になりました。

ズッキやジサマ、アシトカ工作所の職人たち、エルンネ館長やミーシャ、そして、時計台からピピを見おろすおじいちゃんの顔が、霧のなかに吸いこまれるように、消えてゆきました。

男はピピの手からズッ記をうばい、真っ黒なスーツの内ポケットにいれると、歩き去りました。

✿

ロノは、顔をあげました。

遠くから地ひびきのような音が聞こえ、それがしだいに大きくなり、工場ぜんたいをゆるがしはじめたのです。

ロノはエレベーターに乗る時間ももどかしく、階段をかけあがりました。

中央ホールには、ズッキが立っていました。

「ズッキさん……この音は……？」

ステンドグラスのむこうに、黒いかたまりのようなものがうごめいています。

ロノはおそるおそる扉の前まで歩み、正面扉をひらきました。

「これは――？」

目の前に、信じがたい光景がひろがっていました。

アシトカ工作所からハントヴェルカー通り――ガングにいたるまでの道が、巨大な河のように、黒いエージェントたちの群れで満ちていたのです。

「ひぃ」

ロノは、その場で腰をぬかしてしまいました。

黒い河の流れは、歯車広場からのびるいくつもの通りへとなだれこんでいました。

ゆっくりと回転するガングから、何千、何万という黒いエージェントたちが蟲の大群のようにあふれだして、扇風機の気流のように、通りを埋めつくしていました。

「あ……あ……」

ロノは両腕をうしろ手につき、あとずさりました。

黒いエージェントたちは、アシトカ工作所の正面階段にまでたっしていました。群衆の先端がふたつに分かれ、そのなかから、ひとりの男がゆっくりとあがってきました。以前、工場をおとずれた黒いエージェントのうち、真ん中にいた男です。

男は不敵な笑みを浮かべ、うすいくちびるをひらきました。

「おひさしぶりです。ズッキさん……そして、カントクはいらっしゃいますかな?」

はうようにしてふりむいたロノのうしろに、ズッキが立っていました。

「ズッキさん……いっこうにお返事をいただけないので、こちらからうかがいましたよ」

男の声が、工場いっぱいにひびきわたります。

ズッキは、鼻を鳴らしました。

「返事もなにも、俺はお前の名前すら聞いとらん。まあ、どいつもこいつも同じ顔をしているから、どこかで返事したつもりになっていたのかも知れんがな」

「それではあらためてうかがいましょう。我々とともに、新たな世界をつくることを選択するか、それとも、このまま忘却の彼方に消え去るか」

びゅう、とつむじ風がかけぬけました。

「ひとつ、聞きたいんだが」

ズッキは左手でライターをともし、タバコに火をつけました。

「新たな世界――とは、なんだ？　かたちのないものにもっともらしい名前をつけて売りこみ、誰かが生み出したものを自分がつくったと言いふらしてまわる。古いものをこわすことで、新しいものが生まれると錯覚させる。そんな浅ましい仕事にどんな意味があるのか、俺にはさっぱりわからん」

男は、口角をゆがめました。

「いつまでも過去にしばられているから、この世界はよくならない。人々は過去の傷にとらわれ、トラウマに苦しみ、もがいている。この世界でおきている悲劇の数々は、過去の呪縛によって生まれているんですよ」

「世界をよくできるとのたまうのはごうまんだ」

男は、つめたくほほえみました。

「過去にとらわれているから、幸せになれないのです――」

ズッキは、タバコのけむりをはきだしました。

「ふん。幸せか不幸せかなど、考えるだけムダなことだ。えらそうなごたくをならべたてているあいだに、お前たちの会社は、ブクブクと肥え太っているようじゃないか」

「ズッキさん……あなたとは根本的に考えがちがうようですね……あなたは優秀な経営者だと思っていたのだが……」

「少なくとも、自分のことを優秀だとは思わないくらいの節度は……ある」

ふたりはむかいあったまま、にらみあいました。


ロノは、工場の前に押しよせる群衆をふりかえりました。

地平線のむこうまで、こっちの世界は黒いエージェントたちでいっぱいです。

「いったい……どうしたら……」

ゴゴン……と中央ホールで歯車とワイヤーがかみあう音がひびきました。

エレベーターが降下する音がしたあと、扉がひらきました。

「ジサマ……！」

パイプを手にしたジサマが、背筋をピンとのばして立っています。

ジサマはメガネの上からのぞく、太いまゆをひそめました。

「いったい、なんのさわぎですか？」

「ジサマ……黒いエージェントたちが、外に……」

ジサマが、ホールを歩いてくる音がひびきます。

メガネに光が反射し、その表情をうかがい知ることはできません。

「ほう……これはこれは」

真ん中の男は、ズッキの存在を無視するかのように歩むと、ジサマの前で深々と頭をさげました。

ジサマはパイプをくわえ、ブハァ、とケムリをはきだしました。

「誰ですか、あなたは」

「お目にかかれて光栄です。カントク」

「カントクはやめてください。この工場で、私のことをそう呼ぶ者はいません」

「大変失礼しました。メモリーチェーン社のエージェントをつとめております。私（わたくし）どもに明確な名前はありません。あなたのような、すぐれた才能の黒子となって働くことが生業（なりわい）ですので……」

「かるがるしく才能なんて言葉を口にするものではない。私は、自分に才能があるなんて思ったことは一度もありません」

ジサマの目は、男をしずかに見すえています。

「提案書は、ごらんいただけましたか？」

「あんなもの……会って言えばいいことでしょう」

真ん中の男は不敵な笑みを浮かべました。

「ジサマ……あなたの、そしてこの工場の仕事は本当にすばらしい。今ならまだ、間にあいます。この工場を機械化し、ムダをなくし、我々と一緒に、新たな世界を切りひらこうではありませんか」

ジサマは、心の底から不愉快……といった表情を浮かべました。

「くだらない！　あっちの世界をみにくくつくりかえ、人々をたぶらかし、職人たちに道をはずさせて、よくまあそんなことを言えたものですね」

「職人のみなさんは、満足してくれていますよ。めぐまれた環境で、思うぞんぶん、クリエイティブな仕事に集中することができるわけですから……」

「自分ですぐ自分をゆるせる人間に、たいした仕事はできません」

男は、からっぽになってしまった工場を、ゆっくりと見まわしました。

「しかし、あなた方についていこうという者はもう、いないようだ……」

「半端な仕事をするくらいだったら、いつでも閉じる覚悟です」

男の顔から、スッと笑みが消えました。

「ジサマ……あなたもズッキさんと同じご意志……なのですか？」

「ぼくらはずっと、ふたりでやってきましたからね」

ジサマの目は男を射貫き、ズッキの背中を見つめているようでした。

「残念です――」

男は、目と口の区別のつかない顔にもどり、扉のほうをむきました。


「ところで……ズッキさん」

ズッキは背をむけたまま、黒い群衆を見おろしています。

「あっちの世界へカイザー・シュミットの孫を帰し、カールレオンの時計台を修理させようとしていたようですね……」

ロノが顔をあげました。

「え？　ピピを？」

「食えない人だ。我々の提案を受けいれるそぶりを見せながら、時間かせぎをしていたというわけだ……」

ロノはズッキとジサマを交互に見て、問いました。

「どういう……ことですか？　ピピは、職人試験に不合格だったから、帰したのでは……？」

「まぁ、今さら時計台をひとつ動かしたところで、なにが変わるということではないが……。残念ながら、先手をうたせていただきましたよ。ピピはもう、すべてを忘れてしまった……もう、あなた方の役に立つことはありません」

「そんな……」

ロノが、がっくりと肩を落としました。

「ズッキさん……あなたがピピにたくした手帳も、同志がおあずかりしています。たのみの綱のピピはもう、ぬけがらです。あと二十二時間で、あなたたちの存在も消え去ります」

ズッキがゆっくりとふりかえり、ひざをゆらしながら問いました。

「ひとつ、聞かせてくれないか」

「なんでしょう?」

「なぜそこまでして、世界をつくり変えようとするんだ?」

「それが、我々にあたえられた使命だからですよ」

「使命……?」

ズッキの貧乏ゆすりが、ぴたりと止まりました。

真ん中の男は、遠い目をしてつぶやきました。

「カールレオンはもっと早く、生まれかわるべきだった……」

男は、正面扉へむけて歩きだしました。

「人々が思い出を忘れてゆくたびに、こっちの世界の存在も消えてゆく……。だが、あなたたちのように、古い記憶を呼びおこそうとする者たちには、消えてもらわなければなりません」

「それが、お前たちの商売の邪魔になるから……ということか」

男は、ズッキの問いには答えず、

「二十時間後、またうかがいます……。それまでに我々の提案を受けいれないのであれば……ゆっくりと、あなた方がこの世から姿を消す様子を見物することにしましょう」

と言い残し、黒い群衆の流れのなかへと吸いこまれてゆきました。

ロノは、はうようにして、工場の扉を閉じました。

全身がこごえるようにつめたいのに、汗がとめどなく流れて止まりません。

「ズッキさん……ジサマ……ピピをもとの世界に帰したのは、こういうことだったのですね……？」

ジサマは、深い湖のような目でズッキを見つめました。

「まあ、色々ある」

ズッキは、頭をポリポリとかきました。

「カイザー亡きあと、カールレオンの時計台を直すことは、こっちの世界の者にはできない。できるのはあっちの世界の人間だけ……」

ジサマは、目を細めながらつぶやきました。

「ピピはカイザーの死をのりこえました。そして、その意志を継ぐために、もとの世界へもどる必要があった」

ロノが、がっくりとうなだれました。

「でも、ピピはもう、すべてを忘れてしまいました……あっちの世界への道はもうすぐ閉ざされてしまいます。そうなったら、ぼくたちも……」

そして、目を真っ赤にして顔をあげました。

「このまま、ぼくたちは忘れ去られてしまうのでしょうか？　あっちの世界でも、こっちの世界でも……」

「そういうことになるな」

「工場を閉じてから、ずっと考えていたんですが……」

「なんだ」

「本当の幸せ……それは自分が必要とされている、ということなんだと。それ以外の幸せは、たとえ手にいれても、本当の幸せではないのだと。ぼくは、忘れられてしまうことが、なによりもこわいのです」

ズッキは腕を組み、鼻を鳴らしました。

「ふん！　幸せだの不幸せだのと言っている時点でまだまだだと思うぞ。まあ、お前の言う、それ以外の幸せが幸福だと思いこませようとしているやからに、我々は消し去られようとしているわけだ。皮肉なことにな」

ロノはすがるような目で、ズッキとジサマにうったえました。

「この世界の存続のために……彼らの要求を受けいれるという選択肢はないのでしょうか？」

ズッキがジサマを横目で見ます。

「ジサマがそうしたいのなら、考えますけどね」

「まさか！　次から次へと新しいものに手を出し、みせかけの全能感を手にいれようとしているような人間のために仕事するくらいだったら、このまま消え去ったほうがましてです」

ズッキはニヤッと笑って腰に手をあて、クルリとロノのほうをむきました。

「ロノ。マダムは今、どこにいる？」

「え？　レディ・ミス・ミセス・マダムですか？　最近は食堂の仕事もなくなっちゃったから、早くに部屋へもどってますけど……なにか？」

「いや……なんでもない。ちょっと、エルンネにつないでくれないか？」

「館長に……？　わかりました」

ロノはころがるようにして、事務室へと走ってゆきました。

ジサマはパイプに火をともし、ブハァ、とけむりをはきだしました。

「ズッキ。まだあきらめていない……という顔ですね」

「まぁ、色々あります」

真っ赤な夕日が天窓から落ち、ふたりの顔を赤くそめました。

ピピは、夕暮れのまちをひとり、歩いていました。

夕日がカールレオンの城あとを真っ赤にそめ、まちぜんたいが燃えあがっているかのようでした。

ピピの心は、晴れやかにすみわたっていました。

今はただ、前を見て歩かなければという気持ちになっていました。

もう、おじいちゃんのことは忘れて、前をむいて生きなさい——。

黒いエージェントの言葉は、おじいちゃんが残した言葉として、ピピの心に深くきざまれてしまったのです。時計台や工房が解体されることも、まちが新しく生まれかわることも、今はとても前むきなことのように思えました。

時計台広場をぬけて橋をわたると、新市街の目ぬき通りのほうから、女の子の集団が歩いてくるのが見えました。

「あ……」

真ん中を歩いているのは、リナでした。

心臓がふくらみ、鼓動が高なりましたが、ピピは目をふせ、そのまま歩きつづけました。

リナは、ピピに気がついて顔をあげました。

いっしゅん表情をゆるめ、なにか言いかけようとしましたが、まわりの目を気にするように目をふせ、足早にすれちがいました。

「リナ……」

ピピは、リナの背中を見送りました。

その背中は、いぜんよりずっと、ちいさく見えました。


ピピは部屋へもどり、ずっと閉ざしたままだった窓をひらきました。

ぴゅう――と、夕暮れの冷気が流れこんできます。時計台広場のほうから、パトカーのサイレン音がひびいてきました。

ピピは机に近づき、フリッツを見つめました。

「フリッツ……わかったの」

椅子に腰かけ、語りかけます。

「思い出にしばられるのはやめて、前をむいて生きる。それが、おじいちゃんがわたしに伝えたかったことだった……」

フリッツは、とても悲しそうな顔をしているように見えました。

「フリッツ……？」

「ピピ！　帰ってるの？」

キッチンから、ママの呼ぶ声がひびきます。

「今日もパパはおそいから、ごはんにするよ。早くシャワーあびちゃって！」

「うん！　今いく！」

ピピはもう一度、フリッツをふりかえりました。

「前をむいて生きなくちゃ。それが、おじいちゃんが望んでいたことだったんだから」

壁かけ時計が、午後六時を知らせました。

時計台の解体まで、あと十八時間です。

その夜おそく。

アシトカ工作所の四階の寝室では、レディ・ミス・ミセス・マダムが深い眠りについていました。

時のまゆのなかで彼女は、朝までかけて、おばあちゃんから少女へともどるのです。

寝室の扉が音もなくひらき、何者かの影が入ってきました。

ズッキと、子グマのミーシャ、そしてエルンネです。

ミーシャは声をひそめてささやきました。

「ズッキ……本当にいいの？　レディ・ミス・ミセス・マダムが寝ているとき、ここにはぜったいに入っちゃいけないって言われてるのに……」

「まぁ、色々ある」

「ズッキ。ひさしぶりの呼びだしに、いったいなにごとかとかけつけたんだが……君の考えていることはいつも不可解だよ」

エルンネは、言葉とはうらはらに、興味津々といった目でズッキを見つめています。

「すぐにわかる」

三人は幾重（いくえ）にもつり下がったシルクの森をぬけ、時のまゆの前に立ちました。

ズッキの手には、ちいさな懐中時計がにぎられています。

五分、十分、十五分――。

ズッキは時計をにらんだまま、なにかを待っているようでした。

「どうしたの？　ズッキ、なにを待ってるの？」

ガタガタガタガタ……と、部屋がゆれはじめました。

ズッキが貧乏ゆすりをはじめたのです。

「ちょっと、ズッキ！　そんなに大きな音出したら、おきちゃうよ……」

ミーシャがズッキの服をひっぱりますが、貧乏ゆすりは地震のように大きくなり、部屋をゆるがすほどになりました。

「きゃあ！」

時のまゆから悲鳴がひびき、ミスが飛び出してきました。

白いネグリジェから、カモシカのような脚がまっすぐのびています。

「なに？　地震？　ミーシャ……エルンネ……ズッキ？　なんなの！」

「あっちゃ〜おきちゃった……。ごめんなさいミス。ぼくはやめたほうがいいって言ったんだけど……」

ミーシャがあたふたと言い訳する横で、ズッキは頭をポリポリとかきながら、

「すまんな……ミス。ちょっとたのみがあるんだ」

と、笑いました。

「なぁに？　こんな時間におこしたんだから、よっぽどの事情があるんでしょうね」

ミスは目をこすりながら、ズッキをにらみました。

「ああ」

ズッキは、懐中時計をミスの目の前にさしだしました。

「ミス。今……君は、二十七歳と三ヶ月と五日だ」

「なんなの？　だしぬけに。女性に年齢の話をするなんて！」

ミーシャが、目をパチクリさせながらふたりの顔を見あげています。

「君はひと晩かけて、子どもにもどる。寝ているあいだ、時間はさかのぼっているが、そこまでの記憶はある……んだったね」

「そうよ。エルンネ……話したのね？」

「あぁ、とつぜん呼び出されたかと思ったら、君のことを根ほり葉ほり聞かれてね……」

エルンネが肩をすくめます。

ズッキは、ミスの目をまっすぐ見すえて問いました。

「ミス。ムラーノのことは……おぼえているかい？」

ミスの顔から、表情がスッと消えました。

「もちろんよ」

「あの夜のことも？」

「うん」

ミスのくちびるが、かすかにふるえました。

「たのみというのは、ほかでもない」

「なに？」

「あの夜のことを、聞かせてほしいんだ……君の記憶のなかに、この事態を解決する方法がかくされているかもしれない」

ズッキの言葉に、ミスは目を閉じました。

長い沈黙が寝室を支配し、ふたたびひらかれたミスの目は、月明かりの下の湖のようにゆらめいていました。

「あとでたっぷり、借りはかえしてもらうからね」

「もちろんだ」

「え〜どういうこと？　あの夜……ってなに？　早く教えてよ！」

ミーシャが、地団駄をふみました。

ミスは時のまゆに腰かけ、ズッキとミーシャは、大きなクッションをはこんできて、そのかたわらにすわりました。

「昔、私たちが今の私の年齢だったころ、カールレオンの旧市街で、悲しいできごとがおこったの」

「ミスはむかし……あっちの世界にいたんだよね」

「私は、ジサマとカイザーとカールレオンで育った。ムラーノも一緒にね」

「ムラーノって、カールレオンの市長のお父さんだよね」

「ジサマとカイザー、ムラーノは、ともに職人になった。でも、戦争がはじまり、まちは破壊されてしまった。戦争が終わって、みんなはがれきになったカールレオンをもとどおりにしようとした。でも、まちが少しずつ立ちあがろうとしたころ、あるうわさが流れはじめたの」

「うわさ？」

「そう。旧市街のある地区には、古くからそこに住んでいる人たちがいた。その地区に住む人たちは、職人たちがつくったものを外へ売ったり、お金を貸したりすることを仕事にしていた。でも、一部の人たちが、まちがまずしいのは、その地区の人たちが、富をさくしゅしているからだって……言いはじめたの」

ズッキが、タバコに火をつけました。

「一部の人たちの声は、はじめはちいさかった。それが、数を増やしながらしだいに大きくなっていって、まちの実権をにぎりはじめたの。全身を真っ黒な服でおおい、自分たちのことを代理人——エージェントと名のる人々があらわれた……」

「エージェント……？」

「やはり彼らは、そのときの……」

ズッキがけむりをはきだしながら、眉間に指を押しあてました。

「そう。まことの民意を代行するのがわれらの使命だ——って。やがて、旧市街を取りこわし、新しいまちへと生まれかわらせるという計画がもちあがったの。その計画の責任者になったのが、ムラーノだったの」

「どうして？」

「ムラーノはカールレオンの伝統的な技法と、新しい技術を組みあわせることのできる才能の持ち主だったの。その能力に目をつけられ、エージェントたちにかつぎだされた……」

「その人とジサマ、そしてピピのおじいちゃんは、友だちだったんだよね」

ミスは、うなずきました。

「エージェントたちの目的は、まちを支配することだった。ムラーノは彼らに……才能を利用されてしまったの」

「それで、どうなったの？」

「旧市街の、その地区の人々は抵抗した。だって、ずっとこのまちで暮らしてきたし、職人たちの生み出したものを世界中にとどけ、まちを豊かにしてきたのは彼らだったから……でも、エージェントたちは、旧市街の取りこわしを強行しようとした。投票の結果、賛成多数だ……と嘘をついて」

「どこかで聞いたような話だな」

ズッキが鼻を鳴らしました。

「そしてどこからともなく、その地区の人たちが、カールレオンの転覆をたくらんでいる……といううわさが流れはじめた」

ミスは、顔をあげました。

「忘れられない夜がやってきた。その夜は、通りという通りから、犬の遠吠えがひびいていた……」

エルンネが杖をかかげると、天井に、その夜のことが映し出されました。

そこは、カールレオン旧市街の深部にあった広場です。

広場の中央には井戸があり、旧市街中の人々が集まる場所でした。

遠くから、タイヤが石畳を切りつける音がひびき、トラックが何台も広場に停まりました。黒いニット帽をかぶり、顔をスカーフでおおった男たちが、次々とおりたちました。

騒音に気づき、建物から出てきたのは、パン屋の主人でした。

主人と黒服の男たちは、なにか話していましたが、やがて声は大きくなり、口論になってゆきました。

ドン――。

にぶい音がして、パン屋の主人がくずれるように倒れました。

怒声がひびき、男たちは、家々へと押し入って、住人たちを広場にひきずりだしました。その手には、黒い拳銃が光っていました。

ニット帽の男が、パン屋の主人のなきがらをけりあげてさけびます。

「この男が、先に手を出したのだ！」

もうひとりの男が、しゃがれ声でがなりました。

「お前たちが富をむさぼり、俺たちをさくしゅしている」

もうひとりの男が、かん高い声をはりあげます。

「話しあいにきたが、その気はないようだな！」

石畳にひざまずかされたおじいさんが、弱々しい声で言いました。

「なにかの誤解だ……私たちはなにも……」

「だまれ！」

別の男がライフル銃をかまえました。

「このまちは、生まれかわらせる必要がある。それをはばむ者には、制裁を加えなければならない！」

男は興奮し、おじいさんのこめかみに銃口を押しつけました。


「待て！」


ひときわ通る声が、広場の空気を切りさきました。

時計台広場からつづく通りの入り口に、ふたりの男性が立っていました。

ひとりは、まゆ毛の太い、濃い茶色の髪をした男性です。ぶ厚いレンズのメガネの奥で、まつげの長い、まん丸い目が光っています。

もうひとりは、青い目をした銀髪の男性でした。ポケットがいくつもついた革のベストを着ています。

銀髪の男性は真一文字に結ばれた口をひらき、よく通る声でさけびました。

「同じまちに住む者同士が、いがみあってどうする!」

まゆ毛の太い男性が、パン屋の主人のなきがらを見て顔をゆがめました。

「なんということを……」

そしてキッと顔をあげました。

「双方が、ともに生きる道があるはずだ!」

リーダー格と思われるニット帽の男が、前に進み出ました。

「消えな……職人。お前たちの出る幕じゃねえよ」

銀髪の男性が、おちついた声で答えます。

「こんなことをしても、何にもならない。憎しみの連鎖がつづくだけだ」

リーダー格の男がさけびました。

「カールレオンは生まれかわる。革命だ! 戦争は終わったが、いくら働いても俺たちの生活はいっこうによくならない。だがどうだ? こいつらは、俺たちがつくったものを売ってえた金を右から左に流し、利益をむさぼっている!」

銀髪の男性は、きぜんと答えました。

「だったらともに手を取りあい、まちを再建すればいい」

反対の声が、口々にあがりました。

「こいつらと仲よくなれるわけないだろう!」

「そうだ！　カールレオンの純血を絶やさぬよう、こいつらを追い出さなければならない！」

髪が茶色く、まゆの太い男性が、一歩前に進みでました。

「そんな道に答えはない！」

男たちは興奮し、ふたりを取りかこみました。

リーダー格の男が、低い声ですごみました。

「革命をさまたげる者は、お前たちも……敵だ」

男たちは、ふたりの男性におそいかかりました。はげしく顔をなぐられて、倒れた銀髪の男性の上に、茶色い髪の男性がおおいかぶさります。

男たちは十数人でふたりをなぐり、けりつづけました。

暴徒と化した男たちは家々の階段をかけあがり、金品や家具をうばい、窓を割りました。

広場を埋めつくした窓ガラスはまるで、宝石のように輝いていました。

その様子を、真っ黒なスーツを着た男たちが、じっと見つめていました。

「そのときのふたりが、ジサマと、ピピのおじいちゃんだったんだね……」

ミーシャの目から、涙がコロコロとこぼれ落ちました。

「当時も、あの男たちが裏で糸をひいていた。今回と同じように……」

ズッキがつぶやきます。

「ふたりはどうなったの？」

「カイザーは、なんとか命をとりとめたの。でも……」

ミスのくちびるがわなわなとふるえ、大粒の涙が床に落ちました。

エルンネが、ミスの言葉をひきとります。

「ジサマは、カイザーの命を救った。そして、こっちの世界へきて、アシトカ工作所をつくった……」

ズッキが、一歩ふみだしました。

「つらい記憶を思い出させてしまい、すまなかった……だが、思い出してほしいのは、そのあとのことなんだ」

「そのあとって？」

「君がどうやって、こっちの世界へきたのか」

ミスはこめかみを押さえ、顔をゆがめました。

「よくおぼえていないの。気がついたら、ジサマやみんなと一緒に、この工場で働いていた」

「ということは、ミスもピピと同じように、おじいちゃんの工房をぬけて、こっちの世界にやってきた、ということ？」

「いや、ちがう。そのときはまだ、カイザーの工房は存在しなかった」

「じゃあ、どうやって？」

「その道を思い出せないか？　ちょうど今、君の年齢のときに、君はその道を通ったはずなんだ」

ミスは苦しげな表情でしばらく考えていましたが、

「ごめんなさい……思い出せない」

とうなだれました。

「もうひとつ、道がある――」

ふたりの会話を聞いていたエルンネが、口をひらきました。

「ズッキ。君はいつも……目的のためなら手段を選ばない男だね」

「なにも好き好んで、やっているわけじゃない」

ミーシャが、ズッキとエルンネの顔を交互に見てさけびました。

「ねぇ、どういうこと？　もうひとつの道って、どこにあるの？」

エルンネが、ミーシャの頭をなでながら言いました。

「双方の世界をつなぐ道には、ふたとおりあるんだ。ひとつは、あっちの世界の思い出が、モノのかたちとなってやってくる道だ」

「ピピが通ってきた、カイザーの工房とガングをつなぐ道だね」

「ああ、かつては工房だけではなく、そこかしこに、その道はあった」

エルンネは、ミーシャの頭をなでました。

「もうひとつの、道とは……？」

ズッキの問いに、エルンネは深く息をついたのち、答えました。

「あっちの世界で使命をまっとうしたものが通ってくる道――死者の道だよ」

「死者の道？」

「ああ、おもちゃ博物館におさめられているものたちはみな、あっちの世界で役目を終えたものたちだ。それらは、死者の道を通ってこっちの世界へとやってくる」

エルンネは、時のまゆの前までゆっくりと歩み、ミスとむかいあいました。

ミスは、くちびるをふるわせました。

「私は……」

エルンネは、ミスの目をまっすぐ見つめました。

「君はジサマへの想いにとらわれ……みずからこっちの世界へとやってきたんだ」

ミスの目から、涙がひとすじの流れとなってこぼれ落ちました。

「君なら、その道をふたたび……通ることができるかもしれない」

「その道は、どこにあるの？」

ミーシャが、ふたりを見あげて問いました。

「おもちゃ博物館のなかさ」

「だったら、そこからピピに会いにいけるんだね！」

「それはむずかしい。あっちの世界へいったとしても、カイザーの工房までしか、たどりつけないことに変わりはない。ほかの道はすべて、あの男たちに閉じられてしまったからね……」

「じゃあ、ピピが工房にくるのを待つしかない……ってこと？」

「ああ」

「工房はもうすぐこわされちゃうんでしょ？　ピピがそれまでに工房にくるかもわからないし……」

ミーシャは腕を組んで考えたあと、ポン、と丸いこぶしで手のひらをうちました。

「そうだ！　手紙を書けばいいんじゃないかな！」

「いや、ピピはすべての記憶をうしなっている。手紙を残せたとしても、我々のことを思い出せなければ意味がない……」

ズッキがけむりをはきだしながら言いました。

「手帳はあの男たちにうばわれてしまった。ピピがこっちの世界のことを思いだすきっかけがあればいいんだが……」

「あぁ！　どうすればいいんだろう？」

ミーシャが、クシャクシャと頭をかきむしりました。

「いってくる——」

ミスが、涙を指でぬぐいながら、顔をあげました。

「ピピに……もういちど、私たちのことを思い出してもらわないとね」

ズッキが立ちあがりました。

「たのむ。その道を通れるのは、君だけだ」

ミーシャがさけびます。

「でも、どうやっておもちゃ博物館までいくの？　外はもう、真っ黒な男たちでいっぱいだよ！」

コンコン……と、バルコニーの窓をたたく音が聞こえました。

カーテンごしに、大きな影がうごめいています。

「な……なに？　あの男たちが、ここまでやってきたのかな……」

ミーシャがおそるおそるバルコニーに近づき、カーテンをひらくと、大きなワシが二羽、羽をたたんでいました。

かたわらに、メーシャとムーシャがほほえみながら立っています。

「メーシャ！　ムーシャ！」

メーシャがミーシャを抱きよせ、ミスにむかってほほえみました。

「さあ、早く乗って。時間がないんでしょ！」

ムーシャが、太くたくましい手をさしのべます。

「黒いエージェントたちは、フラウエン通りをぬけ、おもちゃ博物館にもたどりつこうとしている……さあミス、いこう！」

ミスはネグリジェをはためかせ、時のまゆからおりたちました。

「これが……最後のチャンスってわけね」

「そういうことだ」

ズッキが、ニヤッと笑いました。

ミーシャが、天にいのるように、さけびました。

「ピピ！　もう一度おじいちゃんの工房へもどって！」


こっちの世界が消えてしまうまで、あと八時間です——。

第十七章
思い出の修理工場

ガタガタガタガタ……。

窓ガラスがゆれる音がして、ピピは目をひらきました。

家の上空を、ごう音が通りすぎてゆきます。

重い体をおこし、窓をあけると、粉雪がまう灰色の空を、ヘリコプターが時計台のほうへと飛んでゆくのが見えました。

まちは、いつもの休日よりもずっとさわがしく、人々が時計台広場へむけて歩いてゆく列が、いくつもの流れをつくっていました。

階段の下から、パパとママの声が聞こえてきました。

「じゃあ、いってくるよ」

「いってらっしゃい。いよいよね」

「うん。テレビの中継、録画しておいて」

居間のテレビから、レポーターの声が聞こえてきました。

『六時四十五分になりました。カールレオン・ネットワーク、サンデーモーニングニュース。いよいよあと五時間後……正午には、カールレオンの象徴だった時計台の解体セレモニーが開始されます……』

ピピは、椅子に腰かけました。

「フリッツ……おはよう」

フリッツは悲しげな目で、ピピを見つめかえしました。

「どうしたの？　フリッツ。なにか、悲しいことでもあったの？」

ピピは自分の気持ちが、昨日にくらべて沈んでいることに気づきました。

目を閉じ、おじいちゃんの言葉を思い出そうとしました。

おじいちゃんのことは忘れて――。

そのあとの言葉が、出てきません。

目をひらくと、フリッツの緑色と青色の目が、ピピを見つめていました。

「――？」

フリッツの右目に、顔を近づけます。

「これ、フリッツの目……じゃない？」

緑色の目が、左の青い目とちがう気がしたのです。

緑色の目には気泡がまじり、光のゆがみかたも、左目と様子がちがっていました。

ポーン、ポーン、ポーン……。

おじいちゃんの残した壁かけ時計が、午前七時を知らせました。

「フリッツ……工房がこわされてしまう前に、最後のお別れをしにいこう」

ピピはランドセルにフリッツをいれ、家を出ました。

ママはテレビのニュースに夢中で、ピピが外に出たことに気がつきませんでした。

時計台広場へとむかう橋には、長い行列ができていました。

カールレオン川には船が停泊し、テラスには真っ白なクロスがひろげられたテーブルがならび、時計台の解体セレモニーを見物できるようになっていました。

時計台には鉄骨が組まれ、周囲には何台ものトラックと、警察車両や消防車がならんでいます。ピピは、セレモニーを見守る人々でごったがえす広場をぬけ、職人街へむけて走りました。

ほとんどの工場でシャッターがおろされ、通りは閑散としています。

おじいちゃんの工房は、フェンスでかこまれ、その正面にはり紙がされていました。

立入禁止。

本建築物は、本日正午より、
解体工事がおこなわれます。

人の気配はありません。

ピピは、フェンスのあいだに体をすべりこませました。

カギは、かかっていませんでした。

工房へと足をふみいれました。電灯のスイッチに手をかけますが、電源は落とされてしまっているようです。

一歩、二歩、目をこらしながら、うす暗い工房を歩みます。

「——?」

ピピは、無人の工房には似つかわしくない、いい香りがするのに気がつきました。

「これは……」

おじいちゃんの作業机の上に、青と白のキッチンパラソルがおかれています。

茶色い封筒が、作業机とパラソルのあいだにはさまっていました。

「なんだろう?」

ピピは、パラソルをもちあげました。

白い皿の上に、大きなシフォンケーキがおかれていました。

口のなかいっぱいに、だ液がひろがりました。

濃厚なはちみつのにおいと、キツネ色の生地から立ちのぼる小麦の香りに、めまいがするようでした。

封筒を裏がえし、花びらのかたちをした封をひらくと、桜色の便せんが入っています。

ピピはふるえる手で、便せんをひらき、それに目を走らせました。

ピピ。この手紙を読んでいるってことは、工房にきてくれたってことだね。

ゆっくり話したかったけど、時間がないので手紙にします。

カールレオンの時計台へいって、カイザーが最後にやろうとした仕事を、やりとげてください。

ズッキにジサマ、ロノとミヤ、エルンネ、ミーシャにメーシャにムーシャ、アシトカ工作所のみんなが、もういちどピピに会える日がくることを、いのっています。

レディ・ミス・ミセス・マダムより

「レディ・ミス・ミセス・マダム……？」

ピピは、椅子に腰かけました。

のどが鳴り、お腹がぐうぐうと音をたてました。

誰だかわからない人からの手紙とケーキ……。でもなぜか、どうしてもこのケーキを味わいたいという気持ちに勝てませんでした。

フォークを手にとり、ケーキを口にふくむと、甘い小麦の香りが鼻をかけぬけ、はちみつの甘さが、舌からのどの奥へとかけおりてゆきました。

ピピは、目を閉じました。

なつかしい味が口のなかいっぱいにひろがり、ひと口かみしめるごとに、まぶたのむこうのうす暗い工房が、色鮮やかな世界へと変ぼうしてゆきました。


目の前に、いくつものテーブルがならんだ食堂がひろがりました。

青・黄・赤のつなぎを着た職人たちが、ほほえみながらピピを見ていました。

食堂を出て、大きなエレベーターのあるホールへと移動してゆきます。

ロノとミヤ、職人たちがピピの前をゆきかっています。

エレベーターをあがると、職人たちが作業机にむかっていて、金槌やドリルの音がひびきわたっていました。

金魚鉢では、ズッキが貧乏ゆすりをしながら、あっちへいったりこっちへいったりして、書類を整理しています。

廊下をゆっくりと歩むマダムのうしろ姿と、ジサマがパイプをふかしながら、作業机にむかっている横顔――。


最後のひとかけらを飲みこみ、ピピは深い、深い息をつきました。

あっちの世界でおきたこと、出会った人々、アシトカ工作所で学んだすべてのことが、ピピのなかで、くっきりとかたちをおびました。

「おじいちゃん……忘れちゃいけなかったんだね」

ピピは立ちあがり、工房を見まわしてつぶやきました。

「前をむいて生きるだけじゃ、だめなんだ。うれしいことも、悲しいことも、ちゃんとみがいて、美しい思い出に変えなくちゃ……」

そして立ちあがり、ランドセルを背負い、顔をあげました。


「いこう、フリッツ。おじいちゃんの最後の仕事を、やりとげないと」

正午まで、あと四時間です――。

✿

朝日がのぼり、ガングからハントヴェルカー通りまでを照らし出しました。

アシトカ工作所の周囲は、黒い男たちで埋めつくされていました。美しかった風景画が、真っ黒な絵の具でぬりつぶされてしまったかのようです。

ロノは、アシトカ工作所の正面玄関で、黒い群衆を見おろしていました。

恐れていた光景が、目の前にひろがっていました。

ガングからのびていたいくつもの通りが消え、ガングから工場へとつづくハントヴェルカー通りも、うっすらとりんかくをうしないはじめていたのです。


ズッキが、ロノの横に立ちました。

「そろそろだな」

「ズッキさん……今までどこに？　見てください！　ガングが……ハントヴェルカー通りが消えてゆきます……この工場も、もうすぐ……」

「まあ……色々あってな」

「ジサマは？」

「部屋にいる。ジサマは最後の瞬間まで、机にむかっているだろうな」

「みなさんは？」

「ジサマと一緒だ」

ロノは、よわよわしくつぶやきました。

「ズッキさん……もう、終わりなのですね……」

「どうにもならんことは、どうにもならんし、どうにかなることは、どうにかなる」

「ズッキさん……あれ！」

黒い群衆の先端がわれ、真ん中の男が階段をあがってきます。

男は正面玄関の前に立つと、よゆうたっぷりといった顔で工場を見わたし、傷口のような目を細めました。

ズッキはがに股足で歩み、男とむきあいます。

「さて、ズッキさん……お気持ちは変わりましたか？」

「ジサマも俺も、昔から頑固でね……ジサマは、腕と道具さえあればじゅうぶんだそうだ」

ズッキは、ひょうひょうと、まるで他人ごとのように答えました。

男は氷のような笑みを浮かべると、

「残念です――」

とすごんだあと、能面のような顔にもどりました。

「それでは――アシトカ工作所がこの世から消え去る姿を、ゆっくりと拝見することにしましょう……」

男はふりかえり、両手をひろげてさけびました。

「思い出の修理工場をなきものに！」

黒い群衆が、高らかに声をあげました。

「思い出の修理工場をなきものに！」

「思い出の修理工場をなきものに！」

「思い出の修理工場をなきものに！」

✿

時計台の解体セレモニーまで、あと二時間――。

ピピは白い息をはきながら、時計台広場へと走っていました。

粉雪が石畳にうっすらとつもっていて、何度も足をすべらせそうになりましたが、見えない力が、ピピの背中を押しているようでした。

時計台からおじいちゃんの姿が消えたときのことを、今ははっきりと思い出せます。

おじいちゃんは、ときの止まったカールレオンの時計を直そうとして、闇のなかで足をとられてしまったのです。

時計台にのぼれば、おじいちゃんが最後になにをしようとしていたのかわかるかもしれない。あっちの世界と、アシトカ工作所を守れるかもしれない――。

広場には、時計台の解体をひと目見ようと、見物客と報道陣がつめかけていました。

ピピは群衆のあいだを泳ぐようにぬけ、教会の入り口までたどりつきました。

入り口にはロープがはられ、警官が立っています。

「おねがい……なかにいれてください！」

ピピはロープをつかみ、身をのりだしてさけびました。

警官はギョッとした顔をしたあと、

「なにを言ってるんだ……そんなことできるわけないだろう」

とぶっきらぼうに答えました。

「市長の許可なしに、時計台に入ることはできない。あぶないから下がりなさい！」

ピピは、群衆に押しもどされながら、教会の裏手へとまわりました。もう一度、管理人のモリーにたのんで、裏口からなかへ入ろうとしたのです。

でも、管理人小屋にはモリーの姿はなく、木戸には錠前がかかっていました。

「そんな……」

広場へ出ようとすると、市庁舎の最上階にムラーノ市長とパパの姿が見えました。

「パパ！」

声は、上空を飛ぶヘリコプターのごう音にかき消されてしまいます。

広場を満足げな顔で見おろす市長のうしろで、テレビ局のスタッフが、中継の準備をしていました。

「パパにたのめば……」

いっしゅん、そう考えましたが、たとえパパがピピの言うことを聞いてくれたとしても、ムラーノ市長がわかってくれるとは思えません。

「そうだ……！」

ピピはきびすをかえし、走りだしました。

✿

ムラーノ市長の自宅は、新市街にそびえるタワーマンションの最上階にあります。

一階にはホテルのような受付があり、コンシェルジュがスマートフォン片手に、時間をつぶしていました。

「すみません！　ムラーノさんの部屋へいかせてください！」

「市長はとっくに市庁舎へ出かけていきましたよ。十二時から時計台の解体セレモニーがありますからね」

「ちがうんです。市長じゃなくて……」

「もうしわけありませんが、ペントハウスには通してはいけないことになっています」

コンシェルジュはスマートフォンに目を落としたまま首をふりましたが、ピピの背後に誰かやってくるのに気がつくと、笑顔をつくりました。

「お嬢さま、いってらっしゃいませ」

ふりかえると、リナが立っていました。

「ピピ……ここで、なにしてるの？」

「リナ……」

ピンク色のほっぺをして、美人で明るかったリナの顔は、青ざめてげっそりとしていました。タブレット端末をかかえ、肩から下げたバッグからは、教科書や参考書がのぞいています。

ピピは、いっしゅんためらったあと、リナにかけよりました。

「リナ……おねがいがあるの！」

リナは目を丸くしたあと、顔をこわばらせました。

「なんなの？　いきなり。これから、塾にいかなくちゃいけないんだけど」

「市長に……お父さんに、時計台の解体を止めてもらえるように、おねがいしてほしいの！」

「なに言ってるの？　そんなことできるわけないじゃない」

「でも、そうしなければ、ならないの」

「私が言っても、ムダだよ。パパは私の言うことなんかに興味ないもん」

「そんなことないよ。市長は、リナのお父さんでしょ？」

「父親だ……ってだけだよ。私のこと、パパはぜんぜんわかってない」

リナは苦しそうな表情を浮かべ、顔をそむけました。

「リナ……それをちゃんと、パパに言おうよ」

「言ってもムダだから、言わないのよ！」

リナはさけびました。

ピピは一歩ふみだしました。

「ううん、ちがうの」

「なにがちがうのよ」

「わたしも、そう思ってた。誰もわかってくれない――って。でも、あるところで働いて、色んなことを学んで、自分の気持ちを伝えるためには、勇気を出さなきゃならないし、やってみなきゃわからない……ってことを知ったの」

「はぁ？　働いたって、どこで？」

「わたしたちの、思い出を修理してくれている場所……」

「ちょっとピピ……大丈夫なの？　おじいさんが亡くなって、おかしくなっちゃったんじゃない？」

「リナ！」

ピピは、リナの手をとりました。

「こわがっていちゃダメ！　自分の気持ちをちゃんと言わないと、パパにも、誰にも伝わらないんだよ！　わたしは、リナが好きだった。一緒に遊びたかった。でも……言えなかった！」

リナのくちびるが、わなわなとふるえはじめました。

「ピピ。私……ピピに、ひどいことをしたんだよ……」

ピピの目から、涙がポロポロと流れおちました。

「いいの！　フリッツならわたし……直せたから」

ピピはランドセルからフリッツを取りだし、顔をクシャクシャにして笑いました。

まつげの長い、黒目がちなリナの瞳から、ひとすじの涙が流れました。

「私も……ピピと遊びたかった。でも、パパがダメだって。むかし、おじいちゃんがピピのおじいちゃんとけんかして……パパはそのことをずっと怒っているから……って」

ピピは、リナの手をかたくにぎりしめました。

「いい思い出も、悪い思い出も、心のなかに閉じこめちゃダメなの。ちゃんと整理せいとんして、むきあって、美しい思い出に変えないといけないの！」

リナが、涙をぬぐいながら笑いました。

「なに？　整理せいとん……って」

「たしかに……なんかお掃除みたいだよね」

「うん」

ピピは、リナの目をまっすぐ見て言いました。

「リナ。おねがいがあるの。どうしてもやらなくちゃならないことがあるの。一緒にやってくれないかな」

リナは、ピピの目を見つめかえしてうなずき、ふたりは走り出しました。

泣いているのか、笑っているのか、けんかしているのか仲よくしているのか、ちっともわからないふたりの姿を、コンシェルジュが不思議そうな顔でながめていました。

ズッキとロノはエレベーターをおり、ジサマの部屋の扉をひらきました。

ジサマは作業机にむかい、黙々と筆を走らせていました。

レディとエルンネ、ミーシャ、メーシャ、ムーシャも一緒です。

「早く……ここから、逃げないと……」

ロノがか細い声で、みんなの顔を見まわしました。

メーシャが、ワシの羽をなでながらうなだれました。

「もう、どこにも逃げるところがないのよ……」

ムーシャが、その肩を抱きよせます。

「もう、おしまいなんですね……ぼくたちは、ここで……」

ロノは、がっくりと肩を落としました。

ミーシャがソファーから飛びおりてさけびました。

「まだだよ！　レディのおかげで、ピピがぜんぶ思い出したんだから！　きっとピピが……時計台を直してくれる！」

「でも……たとえ時計台が直ったとして、どうなるというんですか？　もうカイカクは進んでしまっていますし、カイザーの工房が取りこわされたら、あっちの世界への道も閉ざされてしまう。はたして、時計が動くことに、どれほどの意味があるのか……」

ジサマは、筆を動かしつづけたまま、しずかに言いました。

「意味があるかないか……ではないんです。カールレオンの時計をふたたび動かす――それがカイザーの意志だった。ピピが、それを継ぐのです」

レディが、足をパタパタさせながらつぶやきました。

「正午まで、あと三十分ね……ジサマ、さっきからずっと、なにをしているの？」

「仕事してるのさ」

「あきれた！　こんなときにまで、どうかしてるんじゃない？」

「カイザーも最後まで、自分の仕事をしていたからね」

ジサマは顔をあげ、パカッと笑いました。

ソファーに身をあずけていたエルンネは、好奇心たっぷりという顔で、ズッキの横顔を見つめています。

「さあズッキ、どうするんだい？」

ズッキはポケットからライターを取りだすと、タバコに火をつけました。

「エルンネ。あっちの世界の様子を、見せてくれないか？」

「セレモニーまであと三十分です。そろそろはじめましょうか」

ピピのパパは、カールレオン・ネットワークのディレクターにむかって言いました。

太ったヒゲ面のディレクターが、カメラマンとレポーターに指で丸をつくり、ゴーサインを出しました。やせた神経質そうなプロデューサーが、かん高い声で電話をかけています。

そのかたわらには、黒いエージェントのひとり——右の男の姿もありました。

ムラーノ氏はスーツのボタンをとめながら、窓の前に立ちました。

「いよいよだな……時計台の解体が全国放送されれば、カールレオンの名は、さらに知れわたるだろう」

「市長、もう少し右へ……時計台が見えるアングルでいきましょう」

カメラマンがモニターをチェックしながら、市長の立ち位置を伝えます。

広場は報道陣のカメラと群衆であふれ、ヘリコプターのごう音がひびいています。

「このへんかね？」

「あと……もう少し……ん？」

カメラマンが、奇妙な声を発しました。

「どうした？」

市長がまゆをひそめました。

「あれ……」

ピピのパパが市庁舎の窓から身をのりだし、カメラマンの指さす方を見つめました。

広場に、信じられないことがおきていました。

「ピピ……！」

ピピと市長の娘のリナ、そしてまち中の子どもたちが、手をつなぎあい、一歩一歩、教会へむかって進んでいたのです。

見物客が左右に分かれ、子どもたちの行進を見守っています。

教会前に陣取っていたレポーターとカメラマンたちが、子どもたちの前へかけよって、カメラをかまえはじめました。

「どうしたんだ？」

市長がパパの肩ごしに窓から顔を出し、目を丸くしてさけびました。

「リナじゃないか！　なぜあんなところに……！」

「おいおい、なんだあれは……ほかに視聴者をとられちまうぞ……」

プロデューサーが、市長室のテレビを切り替えました。

画面に、ピピとリナ、子どもたちの顔が映しだされました。

「なぜリナが……シュミット君、となりにいるのは」

「ピピです……私の娘です！」

「いったい……なにがおきているんだ！」

市長室は、騒然となりました。

黒いエージェントは部屋を飛び出し、エレベーターホールへむけて走り出しました。


女性レポーターがマイクを手に、子どもたちの隊列に近づきます。

「なにをしているのかな？　あなたたち……」

子どもたちは手をとりあったまま、立ちどまりました。

「おねがいします！　時計台を、こわさないでください！」

リナのかん高い声がひびきわたり、広場にどよめきがひろがりました。

市長の口が、床に落ちそうなくらいまでひらかれ、言葉にならない息がもれました。

「リナ……」

市長は窓に飛びつき、身をのりだしてさけびました。

「リナ！　そこでなにをしているんだ！　はやく家へもどりなさい」

群衆や報道陣が市長に気づき、市庁舎へむけてカメラやスマートフォンをかまえます。テレビやスマートフォンの画面に、取り乱した市長の顔が映しだされました。

リナは市庁舎を見あげ、さけびました。

「パパ！　教会のなかにいれて！　ピピが……やらなければならないことがあるの！」

その目には、大粒の涙が浮かんでいました。

「なにを言っているんだ。今からセレモニーがはじまるんだよ……あぶないから、早くそこをはなれなさい！」

「いやよ！　もう、パパの言うとおりにするのはいや！」

「なんだと……？」

「カイカクがはじまってから、パパも、ママも、カールレオンのまちも、みんなおかしくなっちゃった……。おねがい！　前のパパにもどって！」

絶句する市長へむけて、群衆がいっせいにカメラをかまえます。

シャッター音がさざなみのようにひろがり、カールレオン中のテレビやパソコン、スマートフォンの画面に、ムラーノ市長とリナの姿が映しだされました。

ピピが、ちいさな体をふるわせ、リナのとなりに進みでました。

「パパ！　おじいちゃんは、時計を修理しようとしていたの。この時計はまだ動く！　だから……なかへ入らせて！」

「なにを言っているんだ、ピピ！　あぶないからそこをはなれなさい！」

警官隊が前に進みでて、子どもたちを取りかこもうとします。

広場に緊張が走った、そのとき――。


「ま、待て！」

腰の曲がった小柄な男性が、よろよろと警官隊の前に立ちはだかりました。

教会の管理人、モリーです。

デッキブラシを、ヤリのようにかまえています。

「モリーさん！」

「こ……この子たちに少しでも手をふれてみろ！　ただじゃあおかないからな！」

警官たちが近づこうとするたびに、モリーはデッキブラシをブンブンとふりまわしました。

「と、時計台は、このまちをずっと見守ってきたんだ！　オ、オレは見たぞ！　みんなだまされてる。黒い服を着た男にな。時計台がなくなったら、このまちはおしまいだ！　子どもたちがそいつを知っているっていうのに、お、お前たちにはわからないのか！」

「モリーさん……」

ピピは前をむき、リナの手をギュッとにぎりしめました。

ふたたび子どもたちは一歩一歩、時計台へむけて歩みはじめました。

教会の前をうめつくしていた人の群れが分かれ、子どもたちの進む道をつくります。

市長室の電話が鳴りました。

受話器を耳にあてた秘書の顔が、真っ青になってゆきます。

「市長……市庁舎中の電話がパンク状態です！　みんな、時計台の解体に反対だと……」

「いったい、なにがおこっているんだ……メモリーチェーン社はなにをしている？」

「それが……先ほどから、姿が見えないのです……」

「ぬうう」

カメラにむかって、ピピとリナ、子どもたちがうったえます。

「時計台をこわさないで！」

「まちをこわさないで！」

「おねがい！　なかへいれて！」

やがて群衆から、子どもたちのうったえを支持する声があがりはじめました。

「子どもたちを通してやれ！」

「時計台をこわすな！」

「神聖な教会をけがすつもりか！」

「市長は市民の声を無視するのか？」

その声は広場だけではなく、カールレオン中であがりはじめました。

「わかった……！　わかったから……」

市長は市庁舎の窓から落ちそうになるくらい身をのりだして、警官隊へむけて手をふりました。

かっぷくのいい中年の警官が進み出て、教会の扉をひらきました。

リナがさけびます。

「ピピ！　早く！」

ピピはランドセルを背負いなおし、時計台を見あげました。

「リナ、モリーさん、みんな……ありがとう！」

ピピは、教会へと飛びこみました。

りんかくのぼやけはじめたアシトカ工作所をながめながら、真ん中の男は満足げでした。長い年月をかけて準備してきた計画が、ついに完全なかたちで実現しようとしているのです。

「ようやく、思い出の修理工場が消え去るときがきた……」

男の腕時計が、はげしく点滅しました。

「どうした?」

腕時計のむこうから、群衆のどよめきが聞こえてきます。

右の男がさけぶ声が、とぎれとぎれに聞こえます。

『ピピが……時計台にむかっています!』

「なんだと……?」

『ピピだけではありません……市長の娘と、子どもたちが……』

「記憶をうばったのではなかったのか!」

『はい……確かに』

「ズッキの仕業か……すぐにやめさせろ!」

『しかし今、カールレオン中……いや、国中のテレビに……』

男の顔が、青黒く変色してゆきました。

「どんな手を使ってでも、ピピを止めるのだ！」

『はい……今、教会の裏手にむかっているところ――』

右の男の声は、そこでとぎれました。

真ん中の男は、いらだちをあらわにし、動揺していました。

アシトカ工作所に目をこらすと、扉の前にズッキが立っているのが見えました。

「ズッキ……この期におよんで、なにをたくらんでいる……？」

ズッキはライターを片手に、ゆうゆうとタバコをふかしながら、真ん中の男のいる一点を、見すえていました。

教会の内部は、ガングと工房からきた道とをつなぐ三角形の空間とそっくりでした。ピピは、礼拝堂の長椅子のあいだを走り、祭壇の横にある小さな入り口をぬけて、石づくりの塔の内がわをぐるりとめぐる石の階段をかけあがりました。

一段一段、足をふみだすたびに、あっちの世界で学んだこと、出会った人たちの顔が、目の前にはっきりと浮かびました。

「忘れない！　アシトカ工作所で学んだこと、ズッキさんとジサマに教えてもらったこと、レディ・ミス・ミセス・マダム、ロノさんにミヤさん、トッコ、エルンネさん、ミーシャにメーシャにムーシャ、みんなのこと……そしておじいちゃんのことを、ぜったいに忘れない！」

階段を上りおえると、時計台へとあがる木製のハシゴが見えました。

ランドセルを背負いなおし、ハシゴに手をかけます。手すりはツルツルにみがかれ、手に吸いつくようでした。

時計台の床の出入り口から顔を出すと、ビュウと風が吹きぬけ、ピピの髪をはげしくおどらせました。両手をついて体をもちあげ、ぐるりを見まわします。

無数の歯車が、複雑にかみあっています。大きなものは、ピピの身の丈くらいの大きさがありました。鐘つき堂には大中小、三つの鐘が下がっています。

ピピは、風に体をとられないようにしながら、歯車や振り子、部品のひとつひとつを確かめてゆきました。

「大丈夫……まだこの時計は、動く！　おじいちゃんが部品をひとつひとつ、みがいてくれていたんだ……」

銅製の歯車はにぶく光っていて、しっかりと油がさしこまれていました。

アシトカ工作所で仕事の基礎を学んだピピには、ひとつひとつの部品が連動し、時計の針へとつながっていることが、はっきりとわかったのです。

ピピ、これから、フリッツをとりにおりるからね――。

おじいちゃんの最後の言葉が、頭のなかでひびきました。

ピピは、からくり人形の台座へとかけよりました。

あけはなたれたままの扉のはるか下に、広場にひしめくまちの人々が見えました。

大きな円を描いた台座のレールを、時計まわりに歩きはじめます。

台座の先頭をゆく聖人たち、道化師、三匹のクマが、ピピを見守っているようです。

レールの最後尾に、ふたつのくぼみが見えました。

かつておじいちゃんと一緒に、時計台を見あげたときの記憶がよみがえりました。

「ここが、フリッツのもといた場所……」

ピピはランドセルをおろし、ふたをあけました。

フリッツが、ピピを見あげています。

「おじいちゃん……ここが、フリッツにとっての、思い出の場所なんだね」

ピピは、ランドセルからフリッツを抱きあげました。

でも、ピピは気がつきませんでした。

その背後に、黒いエージェントが近づいていたことに……。

ムラーノ市長とピピのパパは、人だかりをかきわけ、時計台の下にかけつけました。

ピピのママも、そこにいました。

「あなた……ピピは?」

「時計台の上だ……」

「どうして……どうしてピピが……」

「わからない。お義父さんが、時計を動かそうとしていたって……」

「お父さんが……？」

カメラマンとレポーターが市長を取りかこみました。

「ムラーノ市長！　時計台の解体は中止ですか？　旧市街のスマートシティ化に関しても、反対の声がひろがっていますが」

「娘さんは？　子どもたちの声について、どうお考えですか？」

「まち中から、カイカクの実行について、抗議が殺到しているようですが……」

市長はうめき、ピピのパパにむかって声をはりあげました。

「なんてことをしてくれたんだ、君の娘は！」

その目は血走り、両肩は怒りにふるえています。

「パパ」

市長がふりかえると、リナが立っていました。

「リナ……」

リナは目に涙をためて、市長を見つめていました。

「リナ……どうしたというんだ？　すべてお前のために、このまちの未来のためにやってきたことなんだよ……」

「ちがう。パパがやろうとしていることは……ぜんぶちがうよ」

「なにを言っているんだ……？」

リナはちいさなこぶしをにぎりしめ、市長の目をまっすぐ見すえました。

「私は、前みたいに、パパと遊びたいだけ……。このまちだってそう。カイカクがはじまってから、みんなイライラして、いそがしくなって、笑うことも、ゆっくり話すことも忘れちゃった」

「リナ……」

「カイカクなんていらない！　みんなが前みたいに、この広場で遊べるだけで幸せなんだよ！　おねがい……前のパパにもどって！」

「私は……」

市長は、その場にくずおれるように、ひざをつきました。

その様子を、目をうるませながら見ていたピピのママが、パパの肩に手をおいて言いました。

「パパ……ピピをおねがい」

「え？」

ママは身をひるがえして、走りだしました。

「おい！　どこへいくんだ！」

パパの声を背に、ママはさけびました。

「私にも……やらなければならないことがある！」

ビュウ——とつめたい風が、時計台のなかをかけぬけました。

ピピはフリッツを抱きしめ、黒いエージェントとむきあっていました。

男はつめたい笑みを浮かべながら、ピピにジリジリと近づいてゆきます。

「その人形を……こっちによこすんだ」

ピピは首をふり、一歩下がりました。

ガタン——！　と音がして、床板が大きくはずれました。板は風にあおられ、広場へと落ちてゆきます。

ピピは足をふんばり、男にむかってさけびました。

「なぜ……みんなの思い出をうばおうとするの？」

男は一歩、また一歩と足をふみだしながら、不敵に笑いました。

「そうしなければ、自分が不幸になるだけだからだ……」

「ちがう。人とくらべて、人の幸せをねたんで、自分が幸せになることなんかできない。思い出は誰かからうばうものじゃないの。自分の思い出をみがくことでしか、前をむいて生きる道はない！」

「アシトカ工作所で、いらぬ知恵をうえつけられたようだな。だがもう、おしまいだ。あっちの世界はもう、消えつつある。お前たちの最後のあがきも、すべてムダに終わるんだ……」

ピピは、キッと男を見すえました。

「そうはならない！」

「残念だが、お前のたのみの綱のズッキにジサマ、アシトカ工作所の連中も、ここにはいない……」

ピピはフリッツをかかえながら、さけびました。

「いる！　ズッキさんもジサマも、みんなも、おじいちゃんも……いつでもここにいる！」

「……！」

男がピピに腕をのばしたそのとき——、

「ふん……往生際の悪い小娘だ……」

その顔が、はげしくゆがみました。

そして、体をのけぞらせ、胸をかきむしりはじめたのです。

ピピは間一髪のところで足をふんばり、苦しみもだえる男のかたわらをかけぬけ、時計台の隅に身をよせました。

「なんだ……これは！　うおおおお」

男の真っ黒なスーツの胸もとから炎が燃えひろがり、その体は、またたく間に業火につつまれてゆきます。

「うおおおおおおお！」

ピピはフリッツを抱きかかえ、黒いエージェントが燃えつきるのを、ぼうぜんと見つめていました。
時計台を突風が吹きぬけ、灰になった男を、あとかたもなくはこび去りました。
男のいた場所で、男がピピの手からうばった革の手帳が燃えていました。

「ズッキさん……」

立ちあがり、フリッツを両手でかかげました。
ブリキの人形は太陽の光を照りかえし、神々しく輝きました。
ピピは、台座のくぼみに、フリッツの両足をしっかりとはめこみました。

✿

「どうした！　なにがおきたんだ！　ピピは……時計台はどうなった？」

真ん中の男は四角い時計にむかってさけびますが、返事はありません。

男の青黒く変色した顔には、汗がじっとりとにじんでいます。

「いったい……なにが……」

男は顔をあげ、アシトカ工作所を見あげました。

工場の入り口で、ズッキがライターを片手に立っています。

「ズッキ……いったいなにを？」

ズッキの手のなかで、革の手帳が、炎につつまれて燃えていました。

時計台から、金色の光の帯が四方へとのびました。

教会へと飛びこもうとしていたピピのパパ、市長、警察、リナと子どもたち、モリーたちは、その神々しい光に目をうばわれました。

群衆のなかから、声があがりました。

「見ろ！　時計が、動いてる……！」

市長とパパは、広場にかけもどり、時計台を見あげました。

信じられないことがおこっていました。

ずっと止まったままだった時計の針が、ゆっくりと動き出したのです。

「な……」

市長は一歩、二歩とあとずさりました。

時計の秒針はゆっくりと、確かな動きでときをきざみ、長針と短針を正午の位置でかさねあわせました。

ゴーン
ゴーン
ゴーン

カールレオンの時計台の鐘が、正午を告げました。

どよめきのあと、広場を静寂が支配しました。

人々は時計台を見あげ、鐘の音に、耳を立てていました。

その音は、カールレオンのまちだけではなく、周辺の諸都市にまでとどきました。

まちをせわしなくゆきかっていた人々が、いっせいに立ち止まりました。

スマートフォンやパソコンに目を落としていた人たちも顔をあげ、耳をすませます。

ひさしく聞かれることのなかったカールレオンの鐘の音は、テレビやインターネットを通して、世界中にひびきわたったのです。


からくり人形が動きだし、レールの上を行進しはじめました。

ムラーノ市長の頭のなかには、亡き父の思い出が浮かびました。おさないころ、油だらけの父の手に抱かれたときの記憶があふれだし、ほほを涙がつたいました。

パパの脳裏には、カイカクがはじまる前、ちいさなピピとママ、そして義父カイザーとともに、郊外へ出かけたときのことが思い出されました。

リナの胸には、ピピと手をつないで、カイザーの工房をのぞいたこと、日が暮れるまで遊んだことがよみがえりました。

モリーも、警官たちも、テレビのレポーターも、子どもたちも、群衆のひとりひと

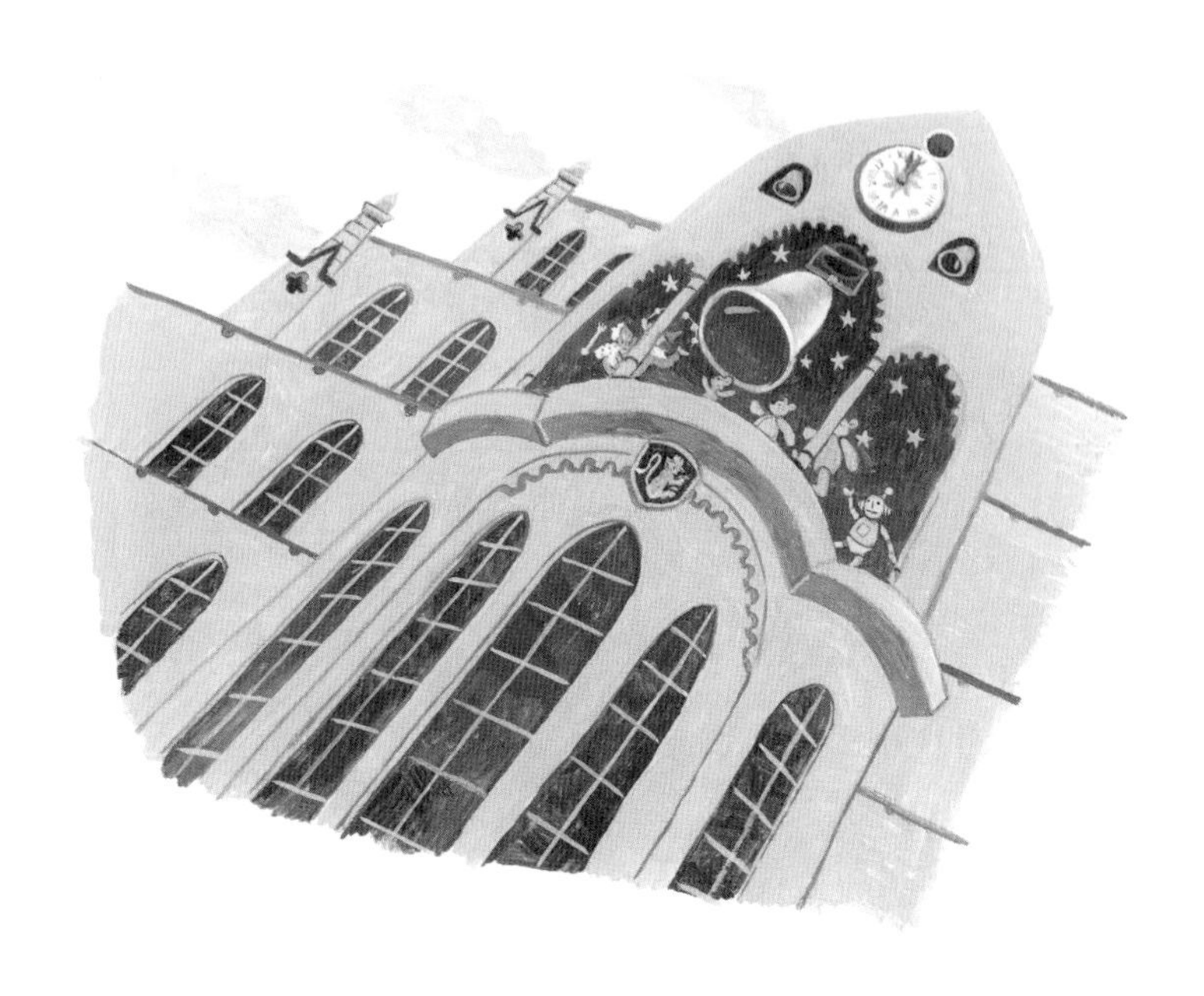

りが、各々の美しい思い出を呼びおこしたのです。
　時計台と、そのまわりをゆく人形たちを見あげた人々の顔はほころび、涙でぬれました。苦しいこと、悲しいことばかりだった人のなかでさえ、思い出は美しくみがかれ、輝いていました。

　時計台の上から広場を見おろしていたピピが、台座の上の人形たちに目をうつします。
　人形たちのうしろを、クルクルと回転しながら行進するフリッツの顔は今、はっきりと笑っているように見えました。

✿

そのころ、アシトカ工作所の地下室でも、異変がおきていました。

持ち主に忘れ去られ、返品された人形やおもちゃたちが、棚のなかで動きはじめたのです。ガタガタと戸棚をゆらし、おもちゃたちは次々と立ちあがりました。

そして、何百、何千というおもちゃが、巨大な潮の流れのように、工場の地下から地上へとあふれだしました。

ロノがバルコニーから身をのりだしてさけびます。

「あれは……！」

おもちゃたちは大きなうねりとなって、工場の周りを埋めつくしていた黒いエージエントたちに飛びかかりました。男たちはみるみるうちに、そのおもちゃの洪水に押し流されてゆきました。

レディとミーシャ、エルンネがジサマの部屋からバルコニーに飛び出しました。

「な……なにがおこってるの？」

「地下倉庫に保管していたおもちゃたちです……！」

人々の記憶がよみがえったことによって、持ち主の思い出のつまったおもちゃたちもまた、息を吹きかえしたのでした。

「あれを見て！」

ミーシャが、ガングを指さしました。

消えかけていたハントヴェルカー通りがふたたびりんかくをおびはじめ、ガングにつながるほかの通りも、ひとつひとつ、姿を取りもどしはじめていました。


「ピピ……やってくれたね」

エルンネが、あっちの世界の様子を、バルコニーの壁に映しだしています。

カールレオンでは、鐘が鳴りひびくなか、人々が各々の思い出にひたっています。

時計台には、笑顔でまちを見おろす、たくましいピピの姿がありました。

「いったい、これは……？」

「カールレオンの記憶が、時計台の鐘によってよみがえった。カイザーが去ったことで、望みはついえたかのように見えた。だが、ピピが、その意志を受け継いだんだ……」

「こっちの世界も、救われたということですか……？」

ロノが、ヘタヘタとすわりこみました。

「やった！　やった！　やった！　ピピ、すごいよ！」

飛びはねるミーシャをムーシャが抱きあげて肩車し、メーシャがよりそいます。

レディは白いワンピースをはためかせながら、壁に映し出されたピピの横顔を見つめています。

「ありがとう……ピピ。今度会うときは、とびきりのシフォンケーキを焼かなくちゃ」

そうつぶやいたあとのレディは少女ではなく、二十七歳と三ヶ月と五日の姿でした。

エルンネが、長い白髪をはためかせながらほほえみました。

「年をかさねるというのはよいものだ。思い出が増えるほど、残された未来が美しく見える。これでまた、ふたつの世界のゆくすえを楽しむことができそうだ……」


「あ……あれは！」

ロノが声をあげ、凍りつきました。みながふりかえり、目を見ひらきます。

「オオ……オオオオ……」

全身からへびのような触手をのばした異形のかたまりが、工作所正面の階段を一段、また一段と上っていたのです。かたまりの中央には、真ん中の男の顔がありました。

「ナ……ナゼダ……ナゼマタ……コンナ……コトニ……」

地の底からひびくようなうめき声がとどろきました。

「しゅうねん深いやつだな……」

ズッキは首のうしろをポリポリとかくと、異形のかたまりの前に進み出ました。

かたまりは、ズッキの脚に手をのばそうともがきました。

「ワレワレハ……タダ……ジブンタチノ……トミヲ……サクシュシテイルモノカラ……シアワセヲ……トリモドソウトシタ……ダケダッタ……」

「まだわからないようだから、教えてやろう」

ズッキは、かたまりを見おろしました。

黒い男の顔が、かたまりのなかで浮かんでは消え、浮かんでは消えして、あぶくのような音をたてています。

「幸せというのは、人からうばえるものでも、誰かをおとしめて手に入るものでもない。目の前のことをひとつひとつつみかさねていくうちに、いつの間にか手に入っているものなのだ。人をうらやみ、他人の幸せをうばおうとするものがいちばん不幸なのだ。十歳の娘が理解できたようなことを、お前たちは、何十年、何百年たってもわからんのだな！」

そして大きく足をあげると、黒い男のかたまりを、グシャッとふみつぶしました。

かたまりは四方八方に飛び散り、石畳に黒いシミを残しただけで、跡形もなく消えました。

ズッキの顔が、苦しそうにゆがみました。

「いたたたた、腰が！」

天高くのぼった太陽が、アシトカ工作所を照らしだしました。

黒いエージェントたちはひとりのこらず消え去り、人々の美しい思い出がよみがえらせた風景が、どこまでもひろがっていました。

ジサマは、動かしていた筆をおいて、立ちあがりました。

背筋をピンとのばし、バルコニーまで歩いてくると、下にいるズッキにむかってさけびます。

「合格ですね」

ズッキが、腰をさすりながら答えました。

「ええ、ピピ・シュミットを、アシトカ工作所の職人として、認めましょう」

ミーシャがさけびます。

「やった！　おめでとう、ピピ！」

みんなが歓声をあげて、ピピの名前をさけびました。


「ピピ！　ピピ！　ピピ！」

その声は、カールレオンのまちにまでとどけとばかり、いつまでも、いつまでも、こだましていました。

こうして、ピピの冒険と修業の物語は、いったん幕を閉じたのです。

エピローグ

ピピが、カイザー・シュミットの最後の仕事をやりとげ、あっちの世界の人々のなかに思い出がよみがえったことで、こっちの世界の様子はすっかり変わりました。

アシトカ工作所にはふたたび職人たちがもどり、再建がはじまりました。

そのなかには、トッコの姿もありました。

トッコはズッキとジサマの前で、頭を下げました。

「ぼく……どうかしていました。機械の力をかりても、面白くなかったです。手を動かし、頭を使ってこその仕事だって……思いました。もうおそいかもしれないですけれど……」

ズッキはフン、と鼻を鳴らしたあと、ニヤリと笑いました。

「見習いからやりなおしだな……トッコ！」

トッコは満面の笑みでさけびました。

「ハイ！　よろしくおねがいします！」

一番先に取りかからなければならなかったことは、思い出を取りもどした人々の大切な品物をひとつひとつ返送することでした。

アシトカ工作所で修理された品々が持ち主のもとへ帰れば帰るほど、こっちの世界もゆたかに、美しく回復していったのです。

すべての品物を持ち主にとどけたあと、ジサマが手をつけたのは、新しい工場の建設でした。

ジサマが描き出した「新・アシトカ工作所」の設計図は、夢のようでした。

おもちゃ博物館と連携させ、建物ぜんたいが、博物館でもあり工場でもあるというかたちにつくりかえたのです。

博物館をおとずれた人々が工場で遊ぶこともできましたし、職人たちも仕事をしながら遊んで気分転換をし、新たな発想をえることができるようになりました。

カールレオンのまちもまた、大きく変わりました。

時計台の解体は中止され、旧市街は文化遺産として、残されることになりました。

なによりみながおどろいたのは、ムラーノ市長がまるで人が変わったようにカイカクを取りやめ、まちの修復と維持にむけてかじを切ったことです。

カイカク派のシンボルだったムラーノ市長の転向は、カールレオンのまちへ投資しようとしてきた資本家のはげしい抵抗にあいましたが、市長は一歩もゆずりませんでした。

まちの外では、市長が次の選挙で惨敗するだろうといううわさが流れました。しかし、おおかたの予想に反し、ムラーノ氏は圧勝したのです。

ふたたびムラーノ氏を選んだカールレオンの人々は、こう言いました。

「過去を大切にできる人は、みずからのあやまちを認め、生まれかわることができるから」

——と。

市長は、ピピのパパを、カールレオン再生プロジェクトのリーダーに任命しました。パパが主導した新改革プロジェクトの目的は、長きにわたって受け継がれてきた職人たちの技術を、新しいテクノロジーの導入によって発展させ、それを次なる世代に継承させることでした。

当初のカイカク計画が白紙にもどり、資本家がいっせいに手をひいたことで経済は冷えきるかと思われましたが、まちの新たな決断を評価する声は高まり、カールレオンの品物に対する需要が拡大することになったのです。

右肩あがりを前提とする成長戦略にいきづまりを感じていた世界中の都市の調査団がカールレオンをおとずれ、伝統と革新の融合を学ぶようになりました。

カイザー・シュミットの工房も、間一髪のところで解体をまぬがれました。

あの日、ピピのママは工房へと走り、解体業者を追い出して、立入禁止のはり紙を、こう書きかえたのです。

こわれたおもちゃと道具、
思い出の修理、うけたまわります。
カイザー・シュミット　修理工房

ママの心のなかにも、亡き父カイザーとの美しい思い出が、よみがえったのです。

ジサマはあらためて、ピピに職人試験の合格を通知しました。

でも、ピピはまだ十歳です。

ズッキとジサマが協議をかさねた末、ピピは特例として暫定職人となり、十六歳になったら、正式に職人としてジサマの下で働くことになりました。

そうなったらピピは、カールレオンでの生活をすてて、あっちの世界で生きるということになるのでしょうか。それはちがいます。

こっちの世界とあっちの世界を、人やものが行き来するには、双方のあいだをとりもつ人間が必要です。その役をになうことになったピピは、十六歳になるまでは両親と暮らし、おじいちゃんの工房で働くことに決まったのです。

工房では、子グマのミーシャが一緒に働くことになりました。

それは、ミーシャに世界中を旅させ、自立をうながしたいというメーシャとムーシャの希望でした。

ミーシャは、ふたつの世界にとってとても重要な存在となったのですが、このことはまた、別な物語のなかでお話しすることにしましょう。

ピピは、あっちの世界とこっちの世界をつなぐ、三角形の空間に立っていました。

ズッキが、目の前に立っています。

✲

「ズッキさん、またもどってきます」

「うむ。早く一人前になってくれ。ジサマももう、年だからな」

ズッキは腰に手をあて、ニヤリと笑いました。

「ズッキさん」

「なんだ」

「アシトカ工作所とこっちの世界は、カールレオンの人たちが思い出をよみがえらせたことによって、消えずにすんだのですよね」

「カイザーの意志をお前が受け継いだことによって……とも言えるな。まあ自分がやった、と言わないお前の姿勢は評価しよう」

「はい……でも、ひとつだけわからないことがあるんです」

「なんだ。ハッキリと言え。俺はまどろっこしい話はきらいだ」

「ズッキさんは……いつジサマと出会い、この世界にきたんですか？」

ズッキはまゆをひそめました。頭をポリポリかいて、貧乏ゆすりをはじめます。

「よけいなことを考えるな、と言っただろう」

「はい、でも、ジサマの部屋への廊下にかかっていた写真のなかに、ジサマとおじいちゃん、リナのおじいちゃんはいたけれど、ズッキさんの姿はありませんでした」

「ふむ」

ズッキはニヤッと笑いました。


「色々ある」


その様子を、ジサマとレディ・ミス・ミセス・マダム、エルンネ館長、ミーシャとメーシャとムーシャが、あたらしいジサマの仕事部屋から見ていました。

今度の仕事部屋は職人部屋と同じ場所にあり、職人たちが自由にジサマの仕事をのぞけるようになっています。

トッコや職人たちが、目を輝かせながら、思い出の品々とむきあっています。

部屋の壁には、ピピがフリッツを修理しているあいだ、ジサマがずっと描きつづけていた絵が、かかっていました。

汗を流しながらフリッツとむきあっているピピの横顔。

そのとなりには、カイザー・シュミットの姿が、描かれていました。

おわり

＊この物語はフィクションです。
実在する人物、店、団体等とは一切関係ありません。

CARLLEON

[プロフィール]

石井朋彦（いしい・ともひこ）

1977年、東京生まれ。アニメーション映画プロデューサー。幼少期をドイツ・ニュルンベルクで過ごし、高校で演劇を学ぶ。2年間の海外放浪ののち、1998年にスタジオジブリ入社。鈴木敏夫プロデューサーに師事し『千と千尋の神隠し』『ハウルの動く城』などのプロデューサー補をつとめる。著書に『自分を捨てる仕事術』がある。

思い出の修理工場

2019年12月15日　初版発行
2019年12月20日　第2刷発行

著　者　石井朋彦
発行人　植木宣隆
発行所　株式会社サンマーク出版
〒169-0075 東京都新宿区高田馬場2-16-11
電話　03-5272-3166（代表）
印　刷　株式会社暁印刷
製　本　株式会社若林製本工場

ISBN978-4-7631-3815-6　C0093
ホームページ　https://www.sunmark.co.jp

ブックデザイン　轡田昭彦＋坪井朋子
イラスト　くのまり
校　正　鷗来堂
編　集　池田るり子（サンマーク出版）